五七五の向こう側

――神奈川大学全国高校生俳句大賞20回記念

立案者としてひとこと

復本一郎
国文学者・神奈川大学名誉教授

本書は、神奈川大学全国高校生俳句大賞の授賞式の折に、選者によって行われたシンポジウムを一本としてまとめたものである。

第一回の高校生俳句大賞の募集が行われたのは、平成十年（一九九八）。大学の創立七十周年を記念しての事業であった。当時、理学部と経営学部で「俳句研究」なる講義科目を担当していた関係で、選考委員の人選等を大学法人当局から一任されたのであった。私は、言うまでもなく、俳人ではない。「さび」、芭蕉、鬼貫《おにつら》、子規、そして川柳等を守備範囲とする国文学研究者である。ただ、俳諧、俳句の研究と深くかかわっているので、多くの俳人の方々との交流がある。そのきっかけを与えて下さったのは、今はいずれも故人となられた俳文学者の栗山理一先生であり、俳人の横山白虹氏であり、また上田五千石氏であった。若き日の三氏との出会いと濃密な交流は、幸運そのものであった。三氏を核として、俳人の方々との交流の輪が拡ったのである。

かくて、第一回の選者としては、宇多喜代子、大串章、金子兜太、川崎展宏、鷹羽狩行の各氏に私を加えての六名での本賞のスタートであった。日本を代表する俳人五氏が御快諾下さったことによって、本俳句大賞の基盤が確固としたものになったと自負している。

選考の結果は、『17音の青春』（邑書林・新潮社・NHK出版・角川書店等より刊行）として単行本化され、不特定多数の人々の目に触れることになったのであった。詩人・評論家の故・大岡信氏が朝日新聞紙上の「折々のうた」で、『17音の青春』中の作品をしばしば取り上げて下さったのも今となってはなつかしい。高校生の皆さんにとっては、青春の日の貴重な思い出となったことであろう。

回を重ねるにしたがって、せっかく日本を代表する俳人の方々が一堂に会するのであるから、お一人お一人の俳句観をお聞かせいただけたら、との思いが、私の中で強くなってきた。そのことを事務局を通して法人側に伝えたところ、快諾していただけた。

かくて、第十四回全国高校生俳句大賞より、授賞式に先だって、テーマを設けてのシンポジウム形式で、選者の皆さんの御意見をお聞かせいただくことになったのである。その時の選者は、宇多喜代子、大串章、金子兜太、黛まどか、それに私、の五名。第十八回より長谷川櫂氏にも選者に加わっていただくことになったのは、うれしいことであった。ここに、第十四回より第十九回までの授賞式に先だっての六回分のシンポジウムをまとめ、再構成したものが、本書というわけである。

私にとって五名の俳人の方々との対話は、まさに至福の時であった。現代俳句の最前線の動向を生《なま》の声を通して聞くことができたからである。国文学、あるいは俳文学の研究とは、古典の復元作業である、と私は思っている。例えば芭蕉、例えば鬼貫、例えば子規が、それぞれの時代において、どのように読まれ、どのように評価されていたのかを可能な限り正確に復元することに努めるわけである。言ってみれば、訓詁註釈的な作業である。そこにおいては、私的見解は、極力抑えることとなる。もちろん、自らが関心のある作家、あるいは作品を研究の対象とすることにはなるのであるが、自らの興味に引き付けての評価をしないように努めるわけである。

対して俳人の方々は、自らの実作とのかかわりの興味の中で芭蕉や鬼貫や子規と対峙されるわけである。読者の皆さんは、そこが面白いであろうし、また、御参考にもなるのではなかろうか。司会、進行役の私は、毎回、テーマに関する事実の基調報告に徹して、私見を述べることは、極力控えることとした。第一線で俳句という文芸と格闘している俳人の方々の生の声に耳を傾けていただきたかったからである。

俳人金子兜太が、俳人宇多喜代子が、俳人大串章が、俳人長谷川櫂が、俳人黛まどかが、本音で季語を語り、子規を語るのである。また「配合」を語り、「笑い」を語るのである。そして一茶を語り、井月《せいげつ》を語るのである。面白くないはずがないではないか。彼らの念頭には、常に彼ら自らの作品世界があるのである。彼ら一人、一人にとっての子規であり、また一茶であり、井月なのである。私は司会をしつつ、いつもわくわくしながら、彼らの発言に耳を傾けていたのであった。

例えば、子規の「配合」論に対する金子兜太の実作者ならではの左の発言など、大いに刺激的ではなかろうか。

大体、素晴らしい句とは、どうも一本書きの句がそれに適う場合が多いような気がしております。ただ、非常に数が少ない。いろいろ子規の説が出ておりますが、この一本の句に比べると極めてやわなものだと思います。子規の本音じゃないと思うくらいです。

兜太の言う「一本書きの句」とは、いわゆる「一物仕立《いちぶつしたて》」の句のことであり、芭蕉の言葉を借りるならば、「頭《かしら》よりすら〳〵と謂《いひ》くだし来《きた》る」句であり、「こがねを打のべたる如」き句であろう。あの兜太の口から、直接右のごとき言葉が発せられたのであり、私などには興奮を禁じ得ないのである。

本書は、五名の俳人の、このような魅力的な発言で、充満《みちみち》ている。俳句愛好者の皆さん、あるいは、俳句に関心を持っている皆さんにとって、これ以上面白い本はないのではなかろうか。少なくとも、一国文学者、一俳文学者の私には、天賦の才に恵まれた五名の俳人の方々との六回にわたるシンポジウムは、緊張しつつも、実に楽しく、また有益なものであった。一人でも多くの読者の皆さんが、本書を通して俳句という文芸の魅力のとりこになることを願いつつ擱筆する。

目次

I

俳句にとって季語とはなにか

——実感をのせる

パネリスト

金子兜太
宇多喜代子
大串　章
長谷川　櫂
黛　まどか
復本一郎（司会）

季語意識の変遷

復本　最初に、どのように季語意識が変遷していったかについて、説明します。

まず、天正十四（一五八六）年に連歌師の紹巴《じょうは》が著した『連歌至宝抄』の中に、「四季の外《ほか》、雑《ぞう》の発句と申事は無御座候《ござなく》。はいかいも同前」とあります。「発句（俳句）は、四季、すなわち春夏秋冬のものであるべきであり、無季の発句などはない」とはっきりと宣言されています。連歌の本ですから連歌が中心ですが、当時はもう俳諧《はいかい》という文芸がありますから、「はいかいも同前」となるわけです。

では、なぜ季語を入れたか。季語は連歌において即興性の証《あかし》であったわけです。「間違いなく、私はその場で作ったんですよ」ということ。例えば、ここで長谷川さんに発句を詠んでいただくことになった時、まぎれもなくこの場で作った句という証、即興性の証、鮮度の証ということで、この場に飾ってある花を詠み込むとか。そういうことから、連歌、俳諧の発句（俳句）に、季語を入れるようになったのです。

宝永元（一七〇四）年に成立した『去来抄《きょらいしょう》』に芭蕉《ばしょう》の言葉が載っております。「発句も四季のみならず、恋・旅・名所・離別等、無季の句ありたきものなり。されど、いかなる故ありて四季のみとは定め置かれけん。その事を知らざれば、暫く黙止侍る」。俳句に季語を入れることに対して芭蕉は疑義を呈しております。恋、旅、名所、離別等は無季の句でいいのではないかと言っているのです。

そのような流れを受けて、明治三十二（一八九九）年刊の『俳諧大要』で子規《しき》は「四季の題目は一句中に一つづつある者と心得て詠みこむを可とす。但しあながちになくてはならぬとには非ず」と言っています。無理に四季の題目、すなわち今日的な季語は入れなくてもいいという考えに立っています。子規はその点で柔軟でした。

その子規の第一の弟子であり、「ホトトギス」を継承した虚子《きよし》も明治三十一年刊の『俳句入門』で非常に柔軟な考え方を示しています。

「雑の句は俳句には許さぬものと規則を定めても差支《さしつかへ》無きことなれども斯《かく》の如き人為の規則を設け置きても益無きことにて夫《そ》れよりも俳句に季を読みこまざるべからざる根本の理屈を解するを至当とは為《な》すなり」

人為的に規則を設けても仕方がない、それよりも、なぜ俳句に季を詠み込まなければいけないかという根本の理由を考えてみなさい、ということです。若き虚子がこれを書いた時、子規は生存しています。亡くなったのは明治三十五年ですから。

ところが、昭和六（一九三一）年一月に「ホトトギス」に発表した虚子の「俳句に志す人の為に」という文章にはこうあります。

「俳句には季題といふものがあります。（中略）是非詠み込まねばなりません。俳句は季題に重きを置く詩でありまして、畢竟《ひつきやう》季題を主題として詠ずる詩であるといつていいのであります」

このように、虚子は晩年にはまったく違った考え方をするようになったのでした。ここでは「季題を主題として詠ずる詩」が俳句だと実に簡単に断じました。私などは、歴史的な展開を無視して、そんなにパッと言ってしまってもいいのかしら、と思うのですが、このように断じたことで俳句の裾野が広がりました。「俳句には季語を入れなければいけません」という、皆さんが理解されている俳句に対する考え方が、このあたりで確立していくわけです。

それでは、このような歴史的な流れを踏まえて、今日を代表する俳人の方たちにとって季語とは何か、をお聞きしたいと思います。

「やはりこの季語」か、「たまたま季語があった」か

復本　出席の先生方には、季題・季語のある俳句と季題・季語のない俳句を挙げていただきました。お一人ずつ、ご自分の作品における季の重さ、季語の重さについて述べていただきたいと思います。

宇多　春夕べごはんですよと声のして

この句は春の季語以外では作らなかったでしょう。「ごはんがある」ことは平凡なことだけれど、人間が生きていく上でいちばん大事なことです。春夏秋冬、「ごはんですよ」とは言いますが、春はほかの季節と違って、解放されていく、ものが萌え立つ季節ですから、子どもたちだって外へ出ているだろう。そんな時でも、「ごはんですよ」という声で、みんなが家に帰ってくる。だから、春でないと「ごはんですよ」の言葉がしっくりこないので〈春夕べ〉にしました。

歴史的に考えると、春は「春窮《しゅんきゅう》」といい、秋に穫れたものは食べ尽くして食べるものがなくなる時期です。昔の人たちは麦が穫れるまで苦労しました。それを踏まえ、春になって、なおかつ「ごはんですよ」と言う声がするのは、大変に至福なことであります。

冬だと、わざわざ大きな声で呼ばなくてもいい感じがするし、夏は暑苦しい。そういう意味では季語の恩寵を蒙っていると思います。

復本　秋でしたら、いわゆる俳人用語でいうところの「即《つ》き過ぎ」になってしまいますので、やはりこの句は春がピタッと生きていますね。次は大串さん。

大串　耕　人　に　傾　き　咲　け　り　山　ざ　く　ら

私は俳句を作り始めた中学生の頃、五七五にまとめることに専念して、季語を入れないといけないと意識したことはありませんでした。この句は、私の家の田圃の端のほうにある小高い丘の上の畑、さらにその上は山ですが、春になるとそこに山桜が咲いていました。普通の桜とは違い、葉もきれい。ふだんの風景をいいなあと感じて作りました。だから、〈山ざくら〉が季語と意識はしていない。上五の〈耕人〉も季語ですが、実際にそこを耕している人がいたから詠み込んだ。ありのままを一句にしたところ、結果として季語が入っていた。

私の初期の句集を見直しましたら、なぜか全句に季語が入っているのです。中学時代に投句していた毎日中学生新聞の俳句欄でも、私の入選句にはほとんど季語が入っています。

季語と事語がある

復本　金子さんが挙げられた句は、以前、実は実景だとお聞きしたことがあるように思うのですが。

金子　梅咲いて庭中に青鮫が来ている

句の説明の前に、私の持論をお話ししたいと思います。俳句には五七五というリズム形式が作り出した詩の言葉がある。その中の、自然の季節を捉えたものが季語であって、社会の人間のやっていることを捉えたものを私は「事語《じご》」と呼んでいます。それはいわゆる無季の句。だから、五七五の俳句形式を尊重する以上、季語と事語の二種類があるというのが私の持論です。五七五が創り出す「詩語」です。そのことを前提としてご承知おき願いたいと思います。先ほど復本さんが挙げられた『去来抄』の言葉はさすがに芭蕉だと思います。これに賛成でございます。芭蕉はそこを見抜いていて、「季語も大切だけれど、季語以外の言葉もあるんだよ」と言っている。それを「季語だけが俳句の命である」としてしまったのが昭和六年の虚子の発言でして、これによって芭蕉の広い言葉の扱いを非常に狭い褌《ふんどし》の中にしまってしまった。なぜか。虚子が自分の俳風を広めるため、商売上の手管でやったことだと私は受け取っております。今でも高浜虚子という人は大変な商売人である、芭蕉は本当の詩人であると思っております。

さて、私の句です。〈梅〉は春、〈青鮫〉は夏の季語と仕分けをする人がいると思いますが、それぐらいバカげたことはないわけで、これは梅が咲いているんだから春、早春です。朝、起きてみたら、白梅がいっぱい咲いていた。庭には青い空気が立ち込めて青く澄んでいて、青い海の底のようだった。青鮫が「春が来た」と喜びながら来ているのかもしれないなと、自分の家の庭の風景を海の底の風景と見立てて、この句を作りました。春を迎える自分の気持ちが広く書けて、いい気持ちでした。

私は二十五歳の時、戦争で召集され大きなサンゴ環礁の中のトラック島におりました。環礁の外では常に日本の輸送船がアメリカの潜水艦に沈められていました。そこには青鮫がたくさん集まっておりまして、うっかり船一隻くらいで行くと危ないぞと言われていました。それを思い出し、「この庭の風景はあのトラック島で日本人を食っていた青鮫と重なる。俺の頭の中にはいつになっても、二十五、六の時の戦争が忘れられないでこびり付いているんだなあ。それを思い出しているんだな」と自分で思った。今でも私は戦争体験を語り続けていますが、これからますます語ろう、誰がなんと言っても語ろうと思っています（拍手）。こういう句を作った時の喜びは、戦争体験に連なっている。そのことが非常に嬉しかったということです。

あえて季語を三つも入れた句

復本　既成の俳句観ですと「季重なりはいけない」と言われますが、長谷川さんの句はどうでしょう。

長谷川　花 の な か 花 咲 き み ち て 桜 か な

たしかに俳句を作る時は「季重なりはいけない」と言われますね。しかし僕は、あえて三つ入れた句を作っています。いけないと言われるとやりたくなるので、こういう句を時々作ります（笑）。

『去来抄』が伝えている芭蕉の言葉に僕は親近感を覚えます。「発句も四季のみならず、恋・旅・名所・離別等、無季の句ありたきものなり」、発句も無季の句であっていいと言っています。「発句も」と言っているから何かと比べているのですが、一つは歌仙の平句《ひらく》には無季がたくさんあるから、それを考えているのと、もう一つは、『古今集』の歌には恋・旅・名所・離別とかの部立《ぶだて》がある。和歌のように発句も無季の句があってもいいんじゃないかというのです。これが俳句を作る時の基本だと思う。だから、僕も無季の句を時々作りますし、否定しているわけではありません。

昭和六年の虚子の発言はいわゆる彼の季題趣味をはっきり打ち出したものです。金子さんは「虚子の商売根性」とおっしゃいましたが（笑）、別のいい言い方をしますと、増え過ぎた俳人を簡単な標語でまとめたいという大結社の主宰者としての政治的な配慮から、こういう言葉が出てくるわけです。俳句の大衆化は江戸時代の半ばからずっと続いていますが、簡単に大衆を束ねる言葉が欲しい。それで、「客観写生」「花鳥諷詠《かちょうふうえい》」「有季定型」などという四文字熟語を出してきた。これは戦時下に国民の気持ちを鼓舞するための「鬼畜米英」などと同じ発想で、こういう標語をたくさん作ったのは、虚子の能力であると同時に、罪作りなことであります。

しかし、標語を作った虚子自身は花鳥諷詠、客観写生、有季定型、季題趣味などの言葉に全然囚われずに自由に俳句を作っているから名句ができるが、そのお弟子さんたちは標語にからめ捕られてしまうから、そこまでの作品しかできない。ここが大事なところで、魔法使いだけが魔法にかからないみたいなもので、虚子だけは自分が言った標語の限界を知っているから自由自在に作れるのです。同じように季語は一つだけと考えて作り始めると、それなりの句ができるが、逆にそこまでしかできないということです。そういう気持ちがあって、僕の句はあえて季語が三つ入っているというわけです。

復本　虚子には、〈祇王寺の留守の扉や推せば開く〉という無季のいい句があるように、ご自分は柔軟な考え方を持っていますが、お弟子さんのほうは虚子の言ったことを聞いて、ひたすらそれを守って作っていくという傾向が無きにしも非ずということではないかと思います。

花冷や落丁のある明治の書

アマチュア俳句作りの私は、復本鬼ヶ城《おにがじょう》と号していますが、今日はこの句を挙げました。明治の書を見ていると、ごくまれに落丁の本がある。読書は楽しいけれど、瞬時、オヤッという気持ちに捉えられます。その時、折からの「花冷」という季語を選択しました。

季語にはたくさんの情報がある

黛　囀の中に母呼ぶ子の声も

これは公園で昼寝をしていた時の句です。顔にハンカチをかぶせて木蔭で寝ていました。最初に囀が聞こえてきました。そのうちに「お母さん、お母さん」と、母を呼ぶ小さな子どもの声が聞こえるのです。そして、子どもの声と囀が交ざって、最終的には溶け合い、子の声と囀の区別がつかなくなる感じがしました。大きな命の連なりの中にある人間と鳥。自分もその一部なんだという春の喜びに包まれた気がしました。俳句における季語は、単に俳句に詠む対象ではなくて、大きな命の連なりの一部としての呼応がなくてはいけない、そこに交歓がなくてはいけないと思っています。

無季の俳句として挙げたのが〈その中のしたたる星として現る〉です。「滴《したた》り」という季語が入っている、と思われた方もいると思います。この句には前書、「NHK『アースウォッチャー　月から見た地球』に寄せて」があります。NHKからの依頼で、月を回っている人工衛星から捉えた地球の映像を見て詠んだ句です。映像を見て感動しました。月面は灰色で無味乾燥、その向こうからまっ青でみずみずしい地球が昇ってきたのです。まさに〈したたる星〉でした。ああ、この星に生まれてよかったと思いました。だから、いわゆる夏の季語の「滴り」とは違います。有季といえば有季ですが、無季といえば無季。衛星から地球の岩肌や苔をつたって落ちる滴りは見えませんが、その滴りが集まると、〈したたる星〉になるという意味では有季かもしれません。でも、私の中では春とか夏とかの分類を通り越して、「地球という星の命のしたたり」という意味で詠んだ句です。

　私たち日本人は近所の人とも「よく降りますねえ」「暑くなりましたね」と、まず季節のことを言い合いますし、手紙でも冒頭は時候の挨拶をします。「梅が香る頃となりました」など。略す時は「前文ごめんくださいませ」と断ります。私たちは普通のことだと思っていますが、外国では季節の挨拶はあまりしません。四季の移ろう風土を背景に、先人たちは細やかな情感、美意識を育んできました。季節の挨拶は非常に日本人的です。このように季節の運行にゆだねた生活、それに伴って生まれてきた情趣が日本人の共通の感覚としてあって、それらを土壌に季語は生まれました。

　俳句は短いので、自分の感動を伝える時、作り手と読者の間に共通認識が必要です。季語は、場所・空間・時間を提示することができ、一語にたくさんの情報を含んでいます。季語は俳句の命。だからこそ逆に、〝絶対に季語を入れなくてはいけない〟という括り方で季語を捉えるべきではないと思っています。

季語はフィクションだ

復本 次に「季語と季感のズレ」について考えてみたいと思います。例えば七夕、西瓜、朝顔などは夏のものだと思われていますが、歳時記では秋の季語となっています。逆に夏蜜柑は春の季語です。あるいはビールや冷蔵庫には今は季感がありません。それらが歳時記には夏の季語として出ています。この季語と季感のズレについて、先生方は、初心者にどのようにアドバイスされていますか。「西瓜は歳時記に秋と出ているから、実感とは違うが秋で作りなさい」と指導されるのか。そうすると、俳句はゲーム性の濃厚な文芸になってしまうのですが。私のように「真実の叫びを十七音に凝縮して形象化するのが俳句という文芸だ」と考えますと、ますますギャップが生じてくるように思われるのですが――。

長谷川 僕は単純に考えています。例えば歳時記の秋に分類されている朝顔や七夕は、新暦からズレが生じる。これはまったく現実を無視しているわけではなくて、現実と根は繋がっているけれども、フィクションであると割り切って考えたほうがいい。歴史的な理由のあるフィクションです。単純に言うと月は毎月毎晩出ているが、「月」は秋の季語です。これは明らかにフィクションですから、そういうものとして季語があると僕は考えています。現実をまったく無視するわけではなく、現実を参考にしているということです。

復本　今、おっしゃった「月」は、和歌ではもともと春夏秋冬に詠まれていましたね。『金葉和歌集』（平安時代後期）ぐらいから、「月は秋」という固定観念が出てくるということのようです。大串さん、「ズレ」の問題はいかがですか。

大串　私は「ズレ」は気にせず、その人の実感に重きを置けばいいように思います。秋を体に感じ取って作った句に入っている言葉が歳時記では夏に分類されていても、作者の気持ちは大事にしていいのではないか。季感は季語の持っている属性の一つで、非常にうまく働く時もあります。

ただし、季感がないという句も多いですね。例えば『高浜虚子』という本を出された川崎展宏《かわさきてんこう》さんが「この虚子の句には季感がない。この句の価値は季感によるものではない」とおっしゃっている句が〈神にませばまこと美《うる》はし那智の滝〉です。滝は夏の季語ですが、四季を通じて那智の滝の存在感がある、それを虚子は表しているということで、季語に必ずしも季感があるわけではない。ですから、季感が力を発揮している時もあれば、内容のほうが主体である場合もある、ケース・バイ・ケースでいいと思います。

復本　歳時記に振り回されずに、詠みたい作品を詠みなさいということですね。

大串　ええ。たまたま歳時記で別のところに分類されていても、それはそれで放っておけばいいという感じです。

復本　虚子のその〈那智の滝〉の句は芭蕉でいえば名所の句ということになりますね。名所の句は無季でもいいということですから、まったく矛盾しないということですね。

自分の実感を優先すればいい

金子　私は自分の季節感で押し切ればいいと思います。例えば寒紅梅《かんこうばい》という寒中に咲く梅があります。寒紅梅を見て冬と感じれば冬、一般的な梅の感じだと思ったら春の季語として、「寒」を削って「紅梅」を使えばいい。自分の実感が優先する、と信念のように思っています。だから、ある意味では歳時記は要らない。自分がいればいい。私の句で、〈谷に鯉もみ合う夜の歓喜かな〉の〈鯉〉は季語ではありません。谷に鯉がたくさん飼われていて、その鯉が夜、泡を立てて揉み合っている。その情景を見て、鯉たちの歓喜に共感を持ち、性《セックス》の世界をそこに感じたということが自分にとっては大事であった。

だから鯉が冬の季語であろうと夏の季語であろうと、そんなことはどうでもいい。〈鯉〉は恋です。第一、人間の恋だってそうでしょう。私の恋は春の季語、あなたの恋は冬の季語なんて、いくら思っても始まらん（笑）。鯉という実物を大事にすることが大事で、季節はどうでもいい。そこに事語という私の考えが出てくるわけだ。事語というものが季語と張り合って、存在していれば、それでいい。無季の言葉が張り合っていいわけです。俳句には事語と季語がある。それが俳句の言葉（詩語）である。これで押し切りたい。

宇多　私もこの問題ではあまり思い悩むことはないと思います。例えば「西瓜」は秋の季語というのが歳時記的な知識ですね。でも、ある高校生から聞かれました、「西瓜は秋の季語だけれど、西瓜割りは夏の季語になっている。去年の西瓜を使っているのですか」と（笑）。そういう疑問が出てくるわけですよ。だから、あまり思い悩むことはない。現実に即していればいいのです。先ほど長谷川さんのおっしゃった「季語はフィクションだ」ということにまったく同感です。もちろん歳時記は共通の認識ですから、歳時記に通じることはとても大事だと思うのです。でも、それと実作は違います。歳時記のように作らなくてはならないなんて、そんなバカなことはないのであって、今、皆さんがおっしゃったように、その時の自分の実感を通していけばいい。あまり歳時記に振り回されることはないですね。

それと、先ほど指摘されたように〈祇王寺の留守の扉や推せば開く〉があります。この句について、「〈留守の扉〉を『花の扉』にしたら季語のある句になる」と言う人に対して、虚子は「そうすると季題の入った句になるが、あの時の私の実感が殺《そ》がれる」と答えたそうです。その一事をもって、虚子は無季の理解者だと思った。だから、昭和六年に、「俳句には季題というものがあります」と言ったのは、商売人だからではなくて、大勢を制するためだったと思いますね。まあ、それも商売かな（笑）。

私も無季の句はよく作りました。無季の句として作ったのと季語を入れ忘れた句とは違うんですよ。私が挙げた無季の句は〈兵の死に砂一握を奉る〉。金子さんも征かれた戦争でたくさんの兵が亡くなりました。その兵たちに私のささやかな哀悼の意を表したい。それに代わる言葉として、〈砂一握〉を探しあてたのです。ささやかな声で無名の兵士の霊を弔いたいという思いです。ここに季語として「桜の花」でも入れればよかったかもしれないけれど、〈砂一握〉という、指の間から洩れるような脆いもので表した。これが私の無季の句の作り方です。

復本　現在、第一線で活躍されている俳人の方々が、季語に関して非常に柔軟な考えをお持ちであることが、皆さんにお分かりいただけたのではないでしょうか。俳句とはかくあるべし、俳句作りとはかくあるべしということではなく、自由に各人の思っていることを十七音、十七文字に表現したらいいのではないか、というご意見が多かったですね。

句の中で生きる季語を

黛　季感のズレがなぜ生じたかについては、三つに分類できると思います。一つは地球の温暖化や技術の向上などで旬の季節が変わってしまった。例えばトマトが一年中あるなどです。それから、七夕のような伝統行事が太陰太陽暦の頃と今のグレゴリオ暦では違っています。そして、甘酒のように生活様式が変わったために使われる季節が違ってきたものなどです。先ほど、長谷川さんが「季語はフィクションだ」と言われたことに私も同感です。つまり季語は意味で支えられたものではなく、質感なのです。古来、詩歌に詠まれてきた美意識や情趣、先人たちの知恵や哲学、悲喜交々を背負っている言葉です。だから、多義的です。例えば「涼し」は秋ではなくて夏の季語です。実際に涼しいのは秋ですが、暑いからこそ、その中に感じる涼のことです。エアコンの涼は「涼しい」とは言えない。風鈴、花氷、団扇風など文化の風、いわゆる涼味を私たちは「涼しい」と言うのではないでしょうか。事実よりも、美意識や情趣が優先されたもの、それが季語です。

そして、先ほど兜太さんもおっしゃいましたが、句の中でその季語が生きていることが大事だと思います。「そこにあったから使う」ではなく、「その季語でなければいけない」。その季語が輝きを持って生きているということです。

復本　ありがとうございました。我々が今、冬の寒い時にふうふう言って飲む甘酒が夏の季語ですから、季語の世界は不思議ですね。歳時記については、「そんなものは要らない」という金子さんの過激なご発言もありました。季語がどんどん増殖している今、理想の歳時記とはどういうものなのかをお聞きしたかったのですが、残念ながら時間が来てしまいました。これで終わります。

（二〇一六年三月十二日）

Ⅱ

二物配合
——俳句の構造

パネリスト
金子兜太
宇多喜代子
大串章
黛まどか
復本一郎（司会）

子規、虚子、碧梧桐の「配合論」

復本　本日のテーマ「配合」についてお話をさせていただきます。「配合」を盛んに語ったのは正岡子規《まさおかしき》でした。現代俳句の原点に位置する俳人です。ですから、必然的に弟子の高浜虚子《たかはまきよし》、あるいは河東碧梧桐《かわひがしへきごとう》もまた、「配合」について盛んに説いていきます。

虚子は、子規が生存中の明治三十四年四月、「配合」という小論を書いております。あるとき、自分の句、例えば〈隅田川に小さき魚は白魚かな〉〈白魚や椀の中なる海苔の花〉〈摘み草の蓬に残る寒さかな〉〈連翹の花が飛びたる胡蝶かな〉といった句を、子規に「どうだ」というように尋ねます。すると子規はにべもなく、「みんなダメだ。材料の配合が陳腐だ」と応えています。〈隅田川〉に〈白魚〉、〈白魚〉に〈海苔〉、〈摘み草〉に〈余寒〉、〈連翹〉に〈胡蝶〉、これらの配合は全部陳腐でダメだという。子規はそのとき、「自分は句を作るにも句を選ぶにも、すべて標準を配合においている」と、応えています。

虚子は多少カチンときたのでありましょう。結論としてはこういうような言葉を吐いております。「冷静なる子規君の如き人が配合に工夫を積まるる」それはその通りである。しかし「余（虚子のこと）の如き熱し易いものが兎角調子の方に重きを置きたがるのは恐く致し方のない事であろう」と。つまり、配合はわかるけれども、すべてが配合ではないのではないかということです。

それから、子規没後すぐ、明治三十五年に碧梧桐が「配合論」を書いております。「一句を形作る場合において、二つ以上の事物を諷詠することがある。その事物のあるものに対する他のものをその配合といふのである。ことばを換へて言へば、あるものの美的趣味を助くる為に、他のものを付け添へるのである」「配合は一句をにぎはすものである。複雑ならしめるものである。平板単純を避けしむるものである」と、配合ということについて明確に論じています。

碧梧桐の「配合論」は必ずしも二物の配合ではなくて、一句の中で配合するものが三つあっても四つあってもいいではないか。反対趣味の配合、同趣味の配合、異趣味の配合という三つの配合が考えられるのではないかとも述べています。

皆さんから二物配合の作品を三句ずついただいております。

正反対の配合と補完し合うような配合

復本　虚子、碧梧桐の「配合」に対する考え方を遡っていきますと、『去来抄《きょらいしょう》』の「取り合せ」にたどり着くと思います。子規は『俳諧大要』（明治三十二年刊）で「配合」というものを「動く、動かぬ」という視点とともに考えています。

　では、作句において配合を意識されるか、されないかをお聞きします。黛さんからお願いします。

黛　俳句を始めたばかりの方にとっては、何が「即《つ》きすぎ」で、何が「離れすぎ」かなど、「取り合せ」は分かりにくいと思うのです。私は父が俳人なので子どもの頃から、家の中に俳句がありました。食卓でも俳句の話が多く、「取り合せ」などについても普通に話しておりました。そういう意味では恵まれていたと思います。

　父に俳句の手ほどきをして下さったのは映画監督の五所平之助《ごしょへいのすけ》さんです。五所先生と句会をした日は帰ってきても昂奮しているんです。〈沈丁や夜でなければ逢へぬひと〉という五所先生の句を挙げて、子どもの私に「『沈丁』が効いているだろう」と言うのです。沈丁花は甘酸っぱくて切ない香りがして、特に夜になると匂いを強く感じますね。

だから、昼間、逢えない事情があるんだろうなと子ども心に想像して、「沈丁」と「夜でなければ逢へぬひと」の間に想像力、イマジネーションを飛ばしました。そんな感じで、子どものころに取り合せの俳句を想像する楽しさを知ったような気がします。

私も実際に俳句を作る上で配合、取り合せは試みますが、斬新で不即不離というのは本当に難しい。あらためて三句、提出するにあたって、自分自身の句を振り返ってみたとき、思い切った飛び方は出来ていないなあと思いました。

◆黛まどかの配合の三句

冬の月そこまでと言ひどこまでも

軍服の一人は少女夏つばめ

さくらさくらもらふとすればのどぼとけ

私は、配合は大きく二つに分けられると思います。一つは、二つのものがぶつかり合い、三つ目の、全く違う意味が生まれるような配合の仕方。もう一つは、響き合うような、補完し合うような配合の仕方です。私の作品にはどちらかというと後者が多いように思います。

いずれにしても、特に俳句は自然を詠みますので、二つの世界、命が映発し合うことが大事ではないかと思います。

復本　正反対の配合と補完し合う配合とがあるのではないかというご指摘は、おっしゃる通りだと思います。先ほどの碧梧桐も反対趣味の配合、同趣味の配合、異趣味の配合を述べていますが、同趣味の配合、あるいは異趣味の配合が、今、黛さんが言われた「補完し合うような配合」になろうかと思います。

結果として配合になっていることがある

大串　私は俳句を作るとき、配合にするか、一物で言い通すか、あまり考えません。事実を述べようとして、ただそのことだけを考えて作ったのが、結果として配合になっているという場合のほうが多いんじゃないか。

◆大串章の配合の三句

秋風やふるさとで売る同人誌

家郷の夕餉始まりをらむ夕桜

読み返す龍太のはがき桃の花

一句目は、配合は自分では考えなかったですね。田舎（佐賀県）を離れ、下宿住まいの学生で同人誌「青炎」を作っていました。田舎に帰ったとき、中学時代の仲間に同人誌を売ったりしていました。この句は夏休みも終わるころ、秋風が吹き始めるころでしたので、自分としては事実を述べただけの句です。

二句目も、夕方の桜を見ながら、今ごろ、実家では親父やおふくろや弟たちが夕餉をとりはじめているだろうかという、自分の思いをそのまま歌った作です。

三句目は、あえて言えば取り合せを考えて作った句になると思います。あるとき俳句の仲間と山梨県にある飯田蛇笏《だこつ》・龍太親子の住居、山廬《さんろ》に行きました。蛇笏の墓にお参りをして、片側が石垣になっている細い道を通って山廬にたどりつきました。門の外から家のほうを見ると、広い庭を燕が飛んでいたり、花が咲いていたりしていた。そのうち、玄関の戸がガラッと開いて飯田龍太が出て来られた。しかし、すでにそのときは「雲母」の主宰を辞めて、句作だけをやっておられた時期でしたから、ご挨拶するのは迷惑だと思って、門の外から軽く頭だけ下げて立ち去りました。

しばらくして、龍太の弟子の福田甲子雄《ふくだきねお》さんにその話をしましたら、福田さんが龍太に「こういうことがあったそうですよ。会釈をしたのは大串章だったんですよ」と話してくださったらしい。そうしましたら、龍太が「ごらんのとおりの田舎です」といったことを書いた葉書をお送りくださった。その葉書は今でも持っていますが、それを一句に残しておきたいと思って作りました。

このときは下五に何を置くか、つまり、配合を考えているのです。訪ねたのが春でしたし、季語になるものはいろいろありましたが、山廬の近くに咲いていた「桃の花」を選びました。

復本　ありがとうございました。『去来抄』に「功成《なる》に及んでは、取合、あはざるの論にあらず」の一節が見えます。大串さんの作句の仕方はまさに「功成に及んでは」という感じかと思います。

俳句は配合だけではなくて、芭蕉の〈頓《やが》て死ぬけしきは見えず蟬の声〉、あるいは蕪村の〈二もとのむめに遅速を愛すかな〉の句のように、蟬あるいは梅というものそのものをスッと詠んでいる。こういうような作り方も一方ではあるわけです。大串さんから、一つは実体験を作品にする。もう一つは実体験ではあるけれども、そこに配合物というものを考えて意識的に作句する場合もあるという興味深い発言がありました。

「まずは一本の作り方をせよ」と教わった

宇多　私も、配合を意識して作るときもありますけれども、意識するというより、緊張度が緩んだときにできることのほうが多いですね。というのは、私は高校生のときに俳句を始めて、大人の句会に行っていました。その句会でじいさまたちが出す句で一番分からなかったのが配合の句だった。特にそのときに話題になった碧梧桐の〈思はずもヒヨコ生れぬ冬薔薇〉がどうしても分からなかった。なぜ、ヒヨコが生まれて冬薔薇があるのか、不思議でした。そのとき、先輩に「俳句は一本がいいよ。初学のころは配合なんて考えるな」と言われたものです。「一本」とは、配合の対照にある、いわゆる「一《いち》物仕立《ぶっしたて》」です。

　しかし、しばらくすると、配合の句もわかってくる。例えば大串さんの〈秋風や〉の句は、「春風」だと、「ふるさとで買ふ同人誌」になるかと思う。そういう技巧が分かってくると、自分が作るときに、上五に何を置こうか、下五に何を置こうか。ここは「きのこ汁」がいいなとか考える。でも、そう作ると、句がものすごく陳腐になる。それで、私はできるだけ一本で作ろうと今でも心得ているので、今回、配合の三句を探すのに苦労しました。

◆宇多喜代子の配合の三句

鵙も木も石も白色旅に出るか

松の芯ときに女も車座に

読み書きは無言に如かず龍の玉

三句目は、「龍の玉」を出しているけれど、これがいいか悪いか。即き過ぎはよくない。離れ過ぎもよくない。不即不離、「つかず離れずがいいよ」と言われると、まことに整合された句ができてきます。でも、そういうことは句会に出たりしていると何となく分かってくるのです。

二物《にぶつ》で一つの世界を創り出すということは大変難しいと思う。ですから私は、まず、一本で句を作ることを旨としているのです。

そうはいっても、配合の面白さもある。先輩から教わったことですが、原石鼎《はらせきてい》に〈秋風や模様のちがふ皿二つ〉があります。これがまた分からなかった。なぜ、〈秋風〉なのか。おずおずと先輩に聞いてみたら、「春風」だったら模様が同じになるかもしれないね、と言われました。そういうことは、季語の配合ということ以上に、いわゆる配合の問題としてとても大事だと思います。

ですから、配合の句を作るときにはかなり緊張しますね。私の配合の句の二句目の〈松の芯〉はかなり考えました。だから、一種の技巧が入っているかなと思います。

復本　芭蕉も許六《きよりく》も、初心者に対して、「配合だったら作りやすいんだよ」と伝えています（「ほ句は物を合《あは》すれば出来《しゆったい》せり」）。芭蕉のいうところの「頭《かしら》よりすらすらといひくだす」、あるいは「金《こがね》を打ち延べたる様」な俳句ですね。ところが、宇多さんのまわりの先輩俳人たちは「まずは一本の作り方をしなさい」という指導をされたそうです。大変興味深くお聞きしました。

「配合」ではなく「二物衝撃」と言う

復本　金子さん、「配合」については、違った考えがあると話しておられましたが、いかがでしょうか。

金子　これはかなり自分の作り方でははっきりしています。今、例えば決まった中七下五にどういう季語をつけるか、どういう言葉をつけるかという話がありましたが、私の場合はそれは「配合」ではなく「取り合せ」と言っているんです。どういう季語を取り合せたらいいのかなあと。それから、私は無季も容認しています。いい詩語、詩の言葉をどう配合するか、こう考えますね。俺の場合は「配合」とはあまり言わないんだな。

◆金子兜太の取り合せの三句

わが湖あり日蔭真暗な虎があり

豹が好きな子霧中の白い船具

大頭の黒蟻西行の野糞

それから、ここで復本さんが問題にしようとしていることだと思うんだが、「配合」とは二つのものをきちっと組み合わせていくという考え方ですね。私はこれを「二物衝撃」と言っている。その典型的な例として挙げたのが三句目の〈大頭の〉の句。私にとっては得意な二物衝撃です。これは広川寺《ひろかわでら》に行ったときの句です。黒い頭のでっかい黒蟻がたくさんいました。西行の庵には便所がない。西行はどうしていたんだろうと見ていたらそこには、周りに小さな松がたくさん植わっていた。灌木のスロープになっている。ああ、ここで彼は野糞をしていた、きっと足もとには黒蟻が来ていたんだろうという想像が私の中に働いたんですね。いかにも西行らしいなあと感心しました。それでできたのがこの句です。これはまさに二物衝撃のよろしさだと思います。大頭の黒蟻、野糞をしている西行、この組み合わせで生まれて来る想像の世界、想像の風景。これがいかにも西行を捉え得て、今でも印象に残っています。

だから、私は「二物衝撃」といつも言っています。それくらいきつい思いで二つのものを組み合わせないとダメなので、配合だの蜂の頭だの、そんな柔らかい言葉じゃダメだというのが私の考え方です。柔らかい言葉を使うとき、「取り合せ」くらいに言っています。「いい季語の取り合せはないかなあ」と考える。

だから、「二物配合」というテーマの出し方は面白いのですが、中身は複雑なんじゃないか。そう思います。

復本　ありがとうございました。金子さんの〈大頭の〉の句、北面の武士西行が彷彿するような、力の強い作品だと思います。隠者西行としてはなかなか捉えられない、骨格の逞しい西行が浮かんでくるのではないかと思います。

金子さんは「二物衝撃」と言われましたが、例えば碧梧桐は蕪村の〈しら梅や北野の茶店にすまひ取〉は「しら梅」と「北野の茶店《ちやや》」と「すまひ（相撲）取」の三種の配合であって、必ずしも二物ではなく、三種、四種といった配合もあることを述べております。二物の場合には確かに「衝撃」と言いましょうか、「二物衝撃」という言葉で収斂されることがあろうかと思います。

金子　言い落としておりました。二物配合、二物衝撃とか、そういう言葉を拒絶しているような句があると思います。一本書きの句です。二物なんてない、一本だけで書いている句。その典型的な例が正岡子規の最晩年の句〈鶏頭の十四五本もありぬべし〉。これは現代俳句と言ってもおかしくないくらいの、現代性に富んだ句です。自分の命を見つめている句です。これは素晴らしい一本書きの句だと思います。

大体、素晴らしい句とは、どうも一本書きの句がそれに適う場合が多いような気がしております。ただ、非常に数が少ない。いろいろ子規の説が出ておりますが、この一本の句に比べると極めてやわなものだと思います。子規の本音じゃないと思うくらいです。そのことを付け加えます。

復本　ありがとうございます。おっしゃる通りだと思います。ですから、今日の俳句を見ても、一本というか一物の俳句は非常に少ないのです。少ないけれども、名句がその中にある。

五七五の音数律があくまで基本

復本　では、それらを踏まえて、会場の皆さんからのご質問に答えたいと思います。

広島高校二年生——金子兜太先生が二物衝撃と取り合せのことについてお話しされましたが、金子先生にとって取り合せの句とはどういうものか、例を挙げてお話ししていただけませんか。「取り合せ」と「二物衝撃」は別の意味ですか？

金子　いやいや。「取り合せの句」のことを私は「二物衝撃」「二物配合の句」と言っておるんですが、三物配合、四物配合など、たくさんの言葉の塊がぶつかり合うのはあまりいい句にならないと思います。「配合は衝撃であって、それは二物の衝撃である」。これが私の基本の考え方です。

いい句とは、自分の句だと先ほど申し上げた〈大頭の黒蟻西行の野糞〉。「大きな頭の黒蟻」がいて、「西行が野糞」をしているという、この二つの事実をぶつけているわけです。これを二物衝撃と私は言っています。きつく、キューンッとぶつけなければダメ。そういう考え方です。

広島高校二年生——金子先生の挙げられた句は、〈わが湖あり〉という上五の字余りや、

〈豹が好きな子〉や〈大頭の黒蟻〉という、いわゆる破調の三句が揃っていますが、これは定型韻律のうちということですか？　二物衝撃で二つのものを衝撃させるとき、俳句の韻律の勢いもやはり関係があるとお考えですか。

金子　いやあ、ピタリですね。おっしゃる通りです。五七五の韻律をかなりきちんと踏んでないと勢いが弱まります。二物衝撃の衝撃なんて言葉は使えなくなります。それこそ配合で終わってしまう。あるいは取り合せ、それくらいで終わってしまう。二物衝撃と言う以上、二物のきついものがボン、ボーンとぶつからなきゃいかん。だから、映像のまとめ方は大変苦労するし、韻律の力を頼みにもしますな。

宇多　金子さんの挙げた一句目は三物じゃないのですか。〈わが湖あり〉と〈日蔭〉と〈真暗な虎があり〉と。

金子　いや、自分としては二物だ（笑）。〈わが湖あり〉と〈日蔭真暗な虎があり〉。〈日蔭〉を三物にして宙に浮かせますと、風景がばらばらになってしまいます。俳句としてのまとまりがなくなるのでね。

復本　今、ご質問の方は恐らく、五七五で数えると破格と感じたからだと思いますが、金子さんはいつも「俳句は五七五なんだ」とおっしゃる。それが大前提になっているので、金子さんの中にあっては「一句目も二句目も三句目も、五七五の俳句だ。俺は五七五でこれを作ったんだ」とおっしゃられると思うのです。その辺、もう少し詳しくお話しいただけますか。

金子　そう。私は〈大頭の〉の句も五七五だと思っています。「おおあたまの／くろありさいぎょうの／のぐそ」、これで立派に三句体です。五七五という基本的な音数律をやや枉《ま》げていますが、最終的には五七五の音数律にはまり込んでいると考えます。

俳句はそれくらいリズムの余裕を持たないとなかなかいい句はできません。「字足らずだ」「字余りだ」という言い方はよくないと思っているのはそれなんです。それより、むしろ五七五という音数律が基本であって、それをどこまでデフォルメ、変形して、基本のリズムと同じものを獲得できるかどうかということで考えないといけない。そこに字余り字足らずの問題があるわけで、はじめから字余りでございんす、字足らずでございんすなどと言っておったんじゃダメだ（笑）。そうじゃない。五七五の音数律があくまでも基本で、それがどう変形されているかというだけの問題だと思う。

復本　私などは「切れ」「切字」が俳句の生命線だと思っていますが、金子さんは「五七五の十七音、これが俳句の生命線なんだ」ということをいつもおっしゃっています。

今のご説明でその辺がかなり明らかになったのではないかと思います。

吹田東高校一年生——二物衝撃のイメージについて聞きたいのですが。一句一章ではなく、二物配合によって二つのものを詠んでいるわけですが、それが一体となって一つの俳句になっているものが二物配合の句だと思います。例えば〈大頭の〉の句は、十七音で一体とおっしゃっていましたが、私は読んでいて、「黒蟻」の後に「切れ」があって、この「切れ」に力がグッときて、この二つが衝撃し合って一体となるのかなと思ったのですが、どうでしょうか。

金子　いやいや。「大頭の」で五音です。「黒蟻西行の」が中七、そして「野糞」で、ちょうど三句体になります。音数律の三句体の基本の組みをちゃんと踏んでいるわけです。ですから黒蟻と西行の間はリズムが中割れする程度のことで、これはリズムの基本を崩していない。私はこう見ています。

日本語の音数律にかなうリズムはない

松山東高校二年生——先ほど、金子先生が五七五のリズムの変形についてお話しされました。しかし、僕にとっては五七五のリズムを守って作るのが精いっぱいで、変形の俳句を作るのは少し難しいです。そこで、変形の妙について、もう少し深くお話ししていただければと思います。

復本　それは恐らく内在律というか、力の関係で湧くものだと思うのです。金子さんはこれらの作品を作るとき、意識的に指を折って作るのではなく、内から湧いてくる。ですから、読んだときに自然な韻律になる。違和感なくわれわれの耳にスッと入るのではないかと思いますが、どうでしょうか。

金子　そういうことですね。だから、「おお・あ・た・ま・の」、あるいは「お・お・あた・ま・の」、いずれにしても形式的には六字ですけれども、音で言うと五音で読めます。このへんが頭の硬い人にはなかなかよく分からんのですよ（笑）。柔軟に音を感じないと。素人の私の受け取っている音符論がありまして、それは俳句の五七五を裏付けるものです。今のでも、「おお・あた・まの」で休止を入れて、四拍子です。ですから、五七五の五音に適っている。俳句は四拍子でという音符説を当てはめていくと、五七五が非常に柔軟に捉えられるわけです。

日本語の音数律は実に大変なもので、ゲーリー・スナイダーというアメリカの優秀な詩人であり、俳句の理解者ですが、彼は「音数律にかなうリズム感はない。われわれはシラブル（音数律）ではなくストレスで行くしかない」と言っていました。それで、彼らなりの俳句というものを広めて、すでに米英だけでも（俳句愛好者は）二百万人は下らないそうです。それくらい、日本の音数律を尊敬しています。どうぞ皆さん、慎重に考えてくださいね（笑）。

洛南高校二年生――季語は俳句にとって基本的には入れなければならないものだとすると、感動の中心になってくるものだと思います。そこにおいて二つのものを配合するとき、季語のほうが重い意味を持ってしまうことが多いのではないかと思うのですが、どうでしょうか。

大串　いや、私は季語を歌うのではなく、その他が大事だと思っています。例えば私の〈秋風や〉の句は〈秋風や〉より〈ふるさとで売る同人誌〉が大事です。二番目の句は〈夕桜〉より〈家郷の夕餉始まりをらむ〉のほうが言いたいことです。三番目の句は、〈桃の花〉ではなく、〈龍太のはがき〉を言いたかった。ただ、配合として季語を考えた場合、何がいいかということは考えず、作るときに自然に出てくる感じです。「桃の花」だけはちょっと考えましたが、大体はいい考えが浮かばないので、パッと思ったことを乗せたり、最後に置いたりします。

復本　今の大串さんのご発言は、本当に詠みたい部分があって、それとのかかわりで季語がふっと出てくるんだということですね。

（二〇一四年三月十五日）

Ⅲ

俳句における笑い

——おもろうてやがて悲しき

パネリスト

金子兜太
宇多喜代子
大串　章
黛　まどか
復本一郎（司会）

俳諧とは何か

復本 ただいまから「俳句における諧謔《かいぎゃく》（笑い）」というテーマで話を進めていきたいと思います。

ご承知の通り、俳句のルーツは室町時代末期の「俳諧《はいかい》」という文芸です。この俳諧、あるいは俳諧の「発句《ほっく》」と言われたものが明治時代に正岡子規《まさおかしき》を中心とする人々の唱えた「俳句」という呼称によって日本中に広がっていきました。

では、俳句のルーツである俳諧とは何なのでしょうか。梅翁《ばいおう》の『俳諧無言抄《はいかいむごんしょう》』（一六七四）は芭蕉なども大いに推奨したもので、当時の俳人たちの必読書でした。そこに「俳は戯《ケ》也。諧は和《クハ》也」とあります。「戯」は戯れ、冗談、「和」は、やわらげる、そして戯れるという意味があります。ですから、俳諧とは滑稽、戯れの文芸だと考えられます。「滑稽」を簡単に言ってしまえば「笑い」ですが、笑いというのは平和な世の中にとって、欠くことの出来ない要素だと思います。

江戸時代になって貞門《ていもん》俳諧が登場しますが、その主宰者松永貞徳《まつながていとく》は『俳諧御傘《はいかいごさん》』（一六五一）で、「俳諧は、面白事《おもしろき》のある時、興に乗じていひ出《いだ》し、人をもよろこばしめ、我もたのしむ道なれば、をさまれる世のこゝろとは、是《これ》をいふべき也《なり》」と述べています。つまり「自分一人が喜ぶのではなく、人をもよろこばせ、我もたのしむ、それは平和な世の中にあってこそ可能だ」と宣言しているのです。

貞門俳諧の次は談林《だんりん》俳諧になります。皆さん、よくご存じの井原西鶴《いはらさいかく》も談林俳諧のスターでした。もう一人の論客が岡西惟中《おかにしいちゆう》です。惟中は、『俳諧蒙求《はいかいもうぎゆう》』（一六七五）の中で「俳諧といふは、たはぶれたること葉の、ひやうふつと口よりながれ出て、人の耳をよろこばしめ、人をしてかたりわらはしむるのこゝろをいふなり」と。俳諧は人を喜ばせる、あるいはその作品が核になって人を談笑させることが可能な文芸だと言っているのです。このことは我々が今日の俳句実作において気を付けなければいけない。俳句という文芸は、俳諧の「俳」の要素を引き継いでいるわけで、「俳」というのは「笑い」、人の心を和らげるというわけです。

芭蕉の門人、土芳《どほう》の『三冊子《さんぞうし》』（一七〇二）に「夫《それ》、俳諧といふ事はじまりて、代々《よよ》利口のみにたはむれ、先達《せんだつ》、終《つひ》に誠をしらず」とあります。「利口」というのは滑稽のことです。弁舌が巧みなこと、これが利口です。芭蕉より前の俳諧師たちはずっと「誠」を知らなかったということです。「亡師芭蕉翁、此《この》みちに出《いで》て三拾余年、俳諧初て実《まこと》を得たり。師の俳諧は名はむかしの名にして、昔の俳諧にあらず。誠の俳諧也」。ここで「誠」というものが要素として大きくクローズアップされるわけであります。

時代が移り、子規も土芳の『三冊子』と同じようなことを言っています。『獺祭書屋《だっさいしょおく》俳話《はいわ》』（一八九三年刊）の中で「されど芭蕉已後《いご》の俳諧は幽玄高尚なる者ありて必ずしも滑稽の意を含まず。こゝに於て俳諧なる語は上代と異なりたる通俗の言語、又は文法を用ゐしものを指して云ふの意義と変じたるが如し」と言っている。自分たちがやっている俳句というのは、貞門とか談林とかの初期俳諧ではなく、芭蕉から出た俳句だから、通俗の言語、通俗の文法を用いるものであって、ただ利口のみの俳諧ではないと。つまり、芭蕉が途中から登場したことで俳諧性というものの性質が多少変わってきたのです。

現代俳句に「笑い」は必要か

復本　では、皆さんにご意見を伺っていきましょう。まず、現代俳句において、「諧謔」あるいは「笑い」の要素は必要か、否か。金子さん、いかがですか。

金子　ええ、それは「必要」ですね。それも「大変に」と言っていいですね。

宇多　私も必要とは思いますが、「大変に」ではないと思います（笑）。意図的に、他を意識して作るのではなくて、おのずから出る諧謔は大賛成ですけれども、これ見よがしなものはいかがかと。

復本　それは重要なご意見だと思います。作品の中に自然に諧謔の要素が生ずるのは結構だけれど、意識的に、無理に諧謔、諧謔と言わなくてもいいのではないかと。

宇多　軽くて、口誦性のある句からはおのずと出る面白さというのがありますね。それでいいのではないかと。

復本　いつも諧謔ということを念頭に置かなくてもよろしいということですか。

宇多　いいと思います。人間にはいろいろの感情があるのですから折々の感情の方が大事。悲しさを諧謔で表現するなんて至難。「俳」の本来からを思えばとても大事だとは思うし、魅力の一つであるとは思いますが。

復本　大串さんはいかがでしょうか。

大串　諧謔というのは他の二つと同じ程度に大事だということです。他の二つとは、一つは、子規、虚子《きょし》以来、盛んに言われた「写生」ということ。もう一つは、水原秋桜子《みずはらしゅうおうし》が昭和六年に「ホトトギス」から離れて「馬酔木」を作り、戦後になって久保田万太郎《くぼたまんたろう》の「春燈」など新しい結社が誕生しましたが、「抒情」というものを目指した結社が多かった。このように、写生があり、抒情があり、それから「滑稽」が時々言われるようになったのですが、今、復本さんがおっしゃったように、何百年も前に滑稽、諧謔は大きく俳句の世界に広がっていったわけですから、写生、抒情の前に諧謔の時代がすでにあったということで、それを今振り返ることは大切なことではないかと思っています。

復本　歴史的断絶はないとお考えですか。

大串　いや、表面的な断絶はありません。これは戦争というものが非常に大きく影響していると思います。戦争の重い時代に諧謔とか滑稽とかユーモアとかを言うと変に誤解されることがあります。ですから、心の中で思わず笑みを洩らしたりしても、それを表に出さないという悪しき時代がありましたので、表面的な断絶はありました。ただ、人間の心から基本的に面白味、笑いが消えることはなかったと思います。

復本　笑いというのは平和と強く結びついている。ですから、戦争が我々の中から笑いというものを奪ってしまった、とのお考えは私も同感です。黛さんはいかがですか。

黛　数年前にドナルド・キーン先生と対談をした時、キーン先生は「私は七十年間、日本人を見続けてきましたが、最近の日本人、特に若い人を憂いています。日本人が美徳を失いかけている。理由は三つあります。一つ目に日本語の乱れ。二つ目に、暮らしから季節感がなくなって、自然を愛する繊細さがなくなっていること。三つ目に、物事を客観化してユーモアに変える力がなくなっていること」とおっしゃいました。物事を客観化してユーモアに変えるのは日本人がもともと持っていた美徳、潜在力なんですね。

よく考えてみれば、日本という国は笑いから生まれたと言ってもいいと思うんです。天の岩戸開きも、天照大神《あまてらすおおみかみ》が天の岩戸に籠ったため天地が闇となった。八《や》百万《およろず》の神が相談して、天鈿女命《あめのうずめのみこと》に踊ってもらってワイワイ楽しそうにしていたら、大神が出て来て、世の中が明るくなったところから始まるという歴史があります。私たちの先人たちは辛いことをユーモアに変えて、笑い飛ばして生きていくすべを知っていたと思うのです。

万葉歌にも笑いの歌の応酬があります。しかし時代が下って連歌の世界に入っていくと、ユーモアの世界が優美の世界に変容していきます。その中で出て来たのが、室町時代の俳諧連歌で、一つのジャンルとして確立します。俳諧は貴族的な世界への反発であると同時に、連歌本来の姿への回帰でもありました。笑いというのは日本が始まって以来、日本人たるものとして重要なものであったと思います。

復本　『万葉集』には嗤笑歌《ししょうか》、戯笑歌《ぎしょうか》がありますし、八代集の最初の『古今集』では誹《ひ》諧歌《かいか》、あるいは誹諧歌《はいかいか》とも呼ばれるものがあり、その流れの中で、江戸時代あるいは室町末期に俳諧という文芸が出て来るわけですから、日本人が「笑い」というものを重視する傾向があることはお話の通りであろうかと思います。

知から感動へ、知から情へ

復本　そこで、皆さんの俳句を実際に見ていく前に、故川崎展宏《かわさきてんこう》さんに〈すみれの花咲く頃の叔母杖に凭《よ》る〉という句があります。この句はいかがですか。

黛　叔母様は宝塚（歌劇団）のご出身でしょうか（笑）。「すみれの花咲く頃」という歌がありますね。昔は可憐なすみれの花のようなタカラジェンヌだった叔母様が、何十回もすみれの花咲く季節が巡ってくるうちに、杖に凭るような年齢に達したという解釈でよろしいでしょうか。

復本　必ずしもタカラジェンヌでなくてもいいような気がしますが（笑）、憧れの時代があったのだろうと思います。大串さん、この句はいかがですか。

大串　展宏さんの作品としては普通の句だと思います。特に諧謔性に富むということは感じませんでした。

復本　老いというものを詠みこみながら、どこかにふわっとユーモアみたいなものが感じられませんか。

宇多　これは分かり過ぎるし、見えすぎるから面白くないと思います（笑）。ユーモアというのは分かりすぎるとダメですから。

復本　おっしゃる通りです。私のようなアマチュアはどうも分かり過ぎる句を作る傾向にあるのですが、川崎先生はプロ中のプロですから、やや心外だなと思いながら聞いておられるのではないでしょうか（笑）。

金子　私は「咲く頃の叔母」という捉え方が素人じゃないと思いますね。短詩型の、五七五の中でどのくらい伝達量を豊富にするかを考えた場合、「頃の叔母」という省略はなかなか素晴らしい。ただ、句全体としては少しあどけなさすぎて平凡という感じがあるんですがね。

宇多　この句のユーモアを言うのであれば、「頃に」ではなく〈頃の〉にしたところ。

復本　なかなか含蓄がありますよね。ありがとうございました。さて、いよいよ皆さんに三句ずつ挙げていただいた作品を見ていきたいと思います。全体を読ませていただいて、面白いことに気が付きました。それは皆さんの作品に、知の働いている句、情の働いている句の二つがあること。それが明確に窺えるのです。

　そもそも「笑い」には、知の要素が非常に強いんですね。室町時代初期の『竹馬狂吟集《ちくばきょうぎんしゅう》』（一四九九）、あるいは『犬筑波集《いぬつくばしゅう》』（一五二四以後）などがそうです。貞門になっても談林になってもそうです。松永貞徳の〈五月雨は大海知《しる》や井の蛙〉は「井の中の蛙大海を知らず」ということわざを意識しながら詠んでいます。五月雨がどんどん降り、井の中の蛙が外に出ることになったという知の領域の俳句です。宗因《そういん》の〈ながむとて花にもいたし頸《くび》の骨〉は、西行《さいぎょう》の〈ながむとて花にもいたく馴れぬれば散る別れこそかなしかりけれ〉を踏まえています。西行の歌は、花と友達になると花が散るのが悲しく思われるという内容です。西行という歌人の存在は一つの権威ですから、宗因は権威を落とさんとして庶民生活の中に持ってくる。「西行は何を言っているのか、桜の花を上を向いて眺めていると首の骨が痛いだけじゃないか」と笑わせる。これは知の領域です。

　対して、子規は〈枝豆は喰ひけり月は見ざりけり〉。ちょうど九月十三夜の名月の頃には豆名月といって枝豆がたくさん出回る。子規は大食いですから、大好物の枝豆をたくさん食べる。結局、名月なんて見ないで、枝豆だけ食べて終わってしまったという、これは知から離れた自然体の句です。このように、滑稽の俳句には知から感動へ、あるいは知から情へという流れを見ることが出来るわけです。

◆金子兜太の諧謔の三句

夏の山国母いてわれを与太《よた》と言う

酒止めようかどの本能と遊ぼうか

秋高し仏頂面も俳諧なり

◆宇多喜代子の諧謔の三句

月と日の位置あいまいに花菜畑

かぶとむし地球を損なわずに歩く

ひざ掛けも眼鏡もずれてこの刹那

◆大串章の諧謔の三句

ひたすら種を播き続けをり種見えず

迎火を焚けば生者の寄りきたる

討入りの日は家に居ることとせり

◆黛まどかの諧謔の三句

大願をかけて藪蚊に刺されけり

菊着せられて弁慶の立往生
風の道ふさいで母の大昼寝

芭蕉の挑戦『おくのほそ道』

復本　宇多さんの〈月と日の位置あいまいに花菜畑〉は、蕪村《ぶそん》の〈なの花や月は東に日は西に〉を踏まえて作られた。それに対して、〈ひざ掛けも眼鏡もずれてこの刹那〉は、宇多さんのある一日が目に見えるようです（笑）。宇多さん、知の領域の滑稽俳句、感動の領域の滑稽俳句、情の領域の滑稽俳句をどのようにお考えでしょうか。

宇多　〈月と日の〉の句は、淀川の堤に立っておりましたら、蕪村のその句に対してちょっかいを出してみたくなり、明らかに意識して作りました。〈かぶとむし地球を損なわずに歩く〉は、「地球を大事にしよう」というキャッチフレーズにコミットし、カブトムシの歩く格好が滑稽に見えて作った句です。〈ひざ掛け〉の句はまさにわが日常がこうであるということです。若いころは決して転寝《うたたね》なんてしなかったのですが、気が付いたら膝に載っていたものはみなずり落ちている。そういう刹那を重ねて一日が過ぎていく（笑）。ことがらのおかしさというのは、本当はつまらないのですが。

復本　大串さんの作品の〈討入りの日は家に居ることとせり〉は赤穂《あこう》藩四十七士の討入りですね。浅野《あさの》内匠頭《たくみのかみ》長矩《ながのり》の刃傷事件に端を発しまして、元禄十五年十二月十四日、吉《き》良《ら》義央《よしなか》（よしひさ、とも）の首を赤穂義士が討った事件です。それを意識されながらの句ですので、これは知の領域の作品であろうかと思います。それに対して、〈迎火を焚けば生者の寄りきたる〉は面白い。今の時代、迎火が珍しくなっているので、お盆の時に迎火を焚くと、家族はもちろんのこと、ご近所の方も寄ってくる。どこかにおかしさが感じられます。大串さんの中で知の領域の笑いの作品、感動の領域での笑いの作品、その辺はどうお考えでしょうか。

大串　自分では知の領域の作品はあまりないように思うのです。意識的に滑稽な句を作ろうとした記憶もありません。〈ひたすら種を播き続けをり種見えず〉は、種は見えないが、一生懸命播いている手の振り方、一歩一歩進んでいる姿は明らかに見て取れる。全くの見たままを自分としては作ったつもりです。学生時代に一緒に同人誌をやっていた清《し》水《みず》哲男《てつお》が、「大串、お前は真面目派だけどその作品は面白い」ということで二十句ほど挙げてくれたんですが、その第一句目がこの句でした。自分では全くの自然体でありのままで作った句でしたが、俳句というのは発信者と受信者が真に結びつくところがあれば、それを評価してくれるんだなあと感じた一句です。

復本　宇多さんも大串さんも「知」ということを拒絶されますよね。しかし、俳諧の歴史から見ると、もっと知を働かせた俳句があってもいいのではないか、とも。貞門とか談林の俳諧を再評価する動きが出てきてもいいのではないかという気も、どこかでします。例えば、芭蕉の〈蛤のふたみにわかれ行秋ぞ〉は『おくのほそ道』の最後の句ですが、これがあの『おくのほそ道』の最後を飾る句とは実に妙です。俳諧があまり真面目になり過ぎると、和歌、短歌のミニチュアになってしまう。三十一文字で表現していたものを十七文字で表現するのが俳句なのか。芭蕉はあくまでも俳諧師であり、俳諧とは何かといったら笑いの文学だ、そんな考えの中で挑戦したのが『おくのほそ道』ではなかったかと思います。ですから、今の俳人の方たちが「感動の作品」ということをあまり強調されると、私のような研究者は「おやっ？」という感じがしないでもないのです。

読者と共有できる「笑い」を

復本　そこで金子さんの作品を見ていきます。〈秋高し仏頂面も俳諧なり〉、俳諧とは何かということが分かると、この句は面白くなる。そういう点ではこれは知の領域の作品ですね。それに対して、感動の俳句、情の領域の俳句は〈酒止めようかどの本能と遊ぼうか〉です。

金子　今、復本さんがおっしゃったように、〈秋高し〉の句は知の領域だと思っています。要するに、仏頂面というものも、俳諧のうちに入るのだと。俳諧が笑いだけのものではなくて、そういう渋いことで伝える、相手をブン殴って伝えるということを含めて伝達という要素を非常に重く見ている文芸であると考えればいいわけでね。仏頂面をすることで、相手は全然見たこともないような私の顔をオオッと思って見る場合がありますからね。だから、この句は自信があるんだ。ノーベル賞ものだ（笑）。俳諧の特徴を一番よく捉えたと思っています。〈酒止めようか〉の句は、自分の正直な気持ちをそのまま書いたら相手に伝わるだろう、思ったままのことがうまく五七五に乗れば相手は感動するという自信が私にありまして、たまたまこういう実感を持ったものだから、そのまま書いた。自慢じゃないが、この句は今、実業界では大変な人気ですよ（笑）。

復本　今、金子さんは「五七五の十七音に乗せたら相手が感動してくれるという自信がある」とおっしゃいましたが、これがやはり俳句という文芸のよさですね。

金子　はい。そう思ってます。だから、伝達の問題だと。
復本　五七五のリズムを持った十七音、これは伝達にとって重要な要素であって、俳句がこれだけ日本人に愛好されているのはそういうことが非常に大きいと思います。
次に黛まどかさんの〈菊着せられて弁慶の立往生〉、武蔵坊弁慶《むさしぼうべんけい》が何本もの矢を総身に受けながら立ったまま大往生を遂げた、それが念頭にあっての面白さかなと。〈菊着せられて〉は、「ちょっと困ったぞ、これは」というような感じで、これは知の領域の作品でしょう。〈風の道ふさいで母の大昼寝〉、恐らくお母さんはこう詠まれたことをご存じないのではないか（笑）。黛さんは知の俳句、感動の俳句をどうお考えですか。
黛　おっしゃったとおり、〈弁慶〉の句は見たままですが、〈立往生〉は、立ったまま死んだことと、あまりにも多くの菊を着せられて身動きが出来なくなっている立ち往生の両方をかけています。結果的には知の領分の句になっていると思います。〈風の道〉は、八十歳を過ぎた母が風の道も塞いでものすごく気持ちよさそうに寝ているんですけれど、その寝姿を見ていると、ああ、今日も息災でいるなという感謝、いつまでもこういう日が続きますようにという祈りのような思いです。〈大願をかけて藪蚊に刺されけり〉は若い時に作った句です。身の程知らずな大願をかけたんですけど、そもそも神社は感謝をしに行かなければいけないのに、あまりに大きな願を長々とかけていたらいつの間にか背中を藪蚊に刺され、いつまでも痒かったという自嘲の句です。

笑いはいろいろな種類がありますね。主体の句、客体の句、哄笑、微苦笑、風刺、穿《うが》ち、自嘲、とぼけなど。機知が知に根ざしているなら、笑いは本能、言い換えれば「生」に根ざしているものではないかと思います。生きる上での逃れようのないもの、葛藤、矛盾、あやまち、愚かさ、無常観、不条理、それらをおかしみとして捉える。だから、そういうものを詠った句にはペーソスというか、笑いの後に何とも言えないほろ苦さや、ふっと寂しさがあったり、そんなものを抱えているのではないか。

しかし、どんな笑いであれ、読者と共有できるということが大切で、独りよがりになってはいけない。共有できてこそ初めて人々を和らげるものになりうるし、幸福感に包まれるものになると思います。

兜太さんがおっしゃったように、俳句は伝達機能も持っています。伝達することによって句は人に情感をもたらしたり、平和にしたり、あるいは時代によっては言葉の武器になることもある。

いずれにしても対象への好奇心と敬意が必要だと思います。フランスでは風刺文化というのが昔からあって、十九世紀前半から風刺新聞がありました。その延長線上にこの前の（二〇一五年、シャルリー・エブド紙襲撃）事件がありました。あそこで問題だったのは、相手に対する敬意がなかったということ。その矛先は対象がマジョリティでなければいけない。権力でなくてはいけない。マイノリティや個人攻撃をしては伝達にならないのではないか。和らげるどころか、相手を硬直させるものになってしまう。日本の文芸には川柳にしても俳句にしても型がある。型があることで、徹底攻撃をすることから逃れられますし、型の力によって上の次元に上がると思うのです。そういう力が俳句の力、川柳の力にはあると思います。

復本　一茶《いっさ》の句、〈づ《ず》ぶ濡《ぬれ》の大名を見る炬燵哉《かな》〉、これなどはまさに、いま言われた、権威、権力に対する風刺があります。ですから、庶民はこれを見て溜飲を下げるといいましょうか、そういうところがあったわけです。

俳句を世界へ発信

復本　そこで先生方に、今後の俳句はいかに進むべきか、俳句とは何か、その辺を諧謔、笑いを念頭に置きながらお話しいただきたいと思います。なぜこのようなことを申し上げるかというと、俵万智さんの歌集『サラダ記念日』に〈万智ちゃんを先生と呼ぶ子らがいて神奈川県立橋本高校〉〈「この味がいいね」と君が言ったから七月六日はサラダ記念日〉などの歌があります。自分のことを「万智ちゃん」と言う、これはまさに俳句の領域の言葉遣いでした。俵さんが必ずしも最初ではないのですが（その先蹤《せんしょう》は、子規の短歌に求めてもいいかもしれません）、俳句の領域に短歌がすーっと押し寄せて来たわけです。そこで、俳句という文芸とは何なんだということです。その辺、金子さん、どう思われますか。

金子　非常に難しい質問です。今、万智さんの例を挙げておられましたが、結局、あれは五七五七七のやや雅やかな五七調の中へ、小市民の意識とか感情というものをそのまま巧まず持ち込んだ。小市民の日常の会話を書き込むことに成功した。そのことがあれだけの人気を得たのだと思います。俳句の場合でも、我々の日常の平凡、素朴な会話の気分、普通の笑いとか思いとか、そういうものがもっともっと俳句に書き込めれば、もっと伝達力を増やせる。そしてまた、俳句はそれが可能ではないかと私は思っているんですけどね。

　だから、基本には「人に伝える」ということ、俳句は短い型式の詩ですから、いろんな変化、バラエティをもっていかに伝えるかが、これからの俳句の宿題でもあるのではないでしょうか。伝達の問題です。万智さんのようにうまく伝えられれば、一つの領域の人気を獲得しますね。そう思っているのですが。

復本　ありがとうございます。自分で作って自分で楽しんでいたら、それは一種のマスターベーションで、やはり「読者に伝えたい」という思いを強く持つべきだと私も思います。

金子　俳句は世界で最短の詩型です。今、アメリカ、ヨーロッパで結構増えているイマジストという詩の一派があって、その元祖はご承知のエズラ・パウンドです。アメリカやヨーロッパのイマジストは今、俳句を尊重以上に尊敬しているのです。その真似をしたものを作ろうというので、「非日本語圏俳句」と称するものを彼らは作って、アメリカではすでに二百万の作者がいると、これはゲーリー・スナイダーという、やはりイマジストの一人が自慢しておりました。そして、俳句が小学校教科のカリキュラムになっていますね。これからの先進国は、世界で一番短い詩をかくまでも美しく仕上げて使っている日本の俳句の世界を、ますます深く注目するのではないでしょうか。さらに、イマジスト以外の連中でも、どんどんこういう短い詩型を真似ようとしている。そういうことがありますので、私は俳句という五七調最短定型の詩がノーベル賞候補になればすばらしい、また、なるんじゃないかと思ってます。

スウェーデンの詩人でノーベル文学賞を受けたトーマス・トランストロンメルという人がいました（二〇一五年三月二十六日死去）。日本の俳句をモデルにしたような短い叙述、短いセンテンスが多い。これほど日本の俳句は影響力があるのですから、もっともっと世界で尊重されるようになると私は思っているのです。実は今日はここでこの演説がしたくてやって来ました。

「笑いの文化」は「許しの文化」

復本　宇多さん、いかがですか。

宇多　今、俳人だけが特別の別世界に住んでいるわけではなくて、皆と同じ卑俗なところに住んでいて、そこに生まれる作品が評価されているんですよね。特別なものではない。そして、このところ何年来思うのは、笑いが非常に幼稚になったのではないかということです。私が一番ピンとくるのは、子規の『俳諧大要』の言葉です。「滑稽も亦文学に属す。然れども俳句の滑稽と川柳の滑稽とは自ら其程度を異にす。川柳の滑稽は人をして捧腹絶倒せしむるにあり。俳句の滑稽は其間に雅味あるを要す」と。これが一番俳句のこれからを示している。先ほどから復本さんがおっしゃっている知の領域の笑いは、「わっはっは」とは笑いませんよね。知的領域の作品というのは、読めばなんとなく以心伝心でクスっと笑えるもの、それでいいのではないかと思います。

私が作ってみたいと思う句は立句《たてく》です。ところが平句《ひらく》のほうが面白い。そこのところが俳句の微妙なところです。立句に滑稽を入れるのはたいへん難しいということ。それを自覚しながら作品を作っています。

この間《あいだ》、「俳句が面白い」と言う中学生の意見にびっくりしたんですけど、どの俳句が一番面白いかと聞いたら、渡辺白泉《わたなべはくせん》の〈戦争が廊下の奥に立つてゐた〉だと言う。昭和十四年に出来た句です。これ、大人が解釈すると、やがて来る戦争に対する不安だとか、わりと深刻です。ところが中学生は面白いという。どこが面白いのかと聞くと、「戦争は悪いやつです。だから廊下に立たされています」と。私はこれが一番の名鑑賞だと思って、拍手喝采しました（笑）。大人の誰一人、それを面白い句とはとらない。口語調が面白いという人はあったにしてもね。ですから、子規さんが言うように「まじめをほぐす」というのかな、立句のピンとした、凛とした句ばかりでは肩が凝る。そこをほぐすのが俳諧の面白さではないかと思いますので、私が一番課題にしているのは、立句を目指しながら、折々平句の面白さをどう注ぎ込むか。そこの問題だと思います。

復本　大串さん、いかがですか。

大串　俳諧、おかしみが大いに取り上げられて、芭蕉の前には宗因、貞徳とか、大流行りに流行った。しかし、面白いばかりでいいだろうかという反省が起こって、芭蕉の「誠」が出て来たと思うのです。芭蕉は中期の段階まではそれをひたすら推し進め、晩年には「かるみ」で、また滑稽というところへ戻ってきたが、「誠」というものが芭蕉によって復活されたのは大事なことだったと思います。私は、表面的なおどけや面白がりといったふわふわしたものではなくて、「誠」を踏まえた面白味、そういうものがあるべきだと思うのです。

最近は国語の辞書をぶん投げてくるような見え見えの知的俳句が多い。理屈っぽい、言語的な滑稽の句が多い。そうではなくて、「誠」を踏まえて、それが単なる言語ではなく言葉になったものが必要だ。辞書の中の言語はまだ文字に過ぎない。それが発信者（作者）と受信者（読者）の間で通じ合ったとき、初めて「言葉」となるのです。豊かな知識を内に秘めて、受信者が「どういうことなのか」と思わず一歩前に乗り出す。そういう作品を作ることが大事だと思います。

ですから、知を否定するのではなく、知は大事だけれど、俳句も文芸の一つですから、その表現には意を用いるべきではないかと。例えば宝井其角《たからいきかく》の〈名月や畳の上に松の影〉を踏まえて子規は〈薫風や裸の上に松の影〉を作っています。子規の句は写生句ですが、其角の句を踏まえることによって俳諧味が生じています。それが読者を喜ばせるのです。復本さんがさっきおっしゃった、知的なものを否定することではなく、文学としての作り方が大事だということを申し上げたつもりです。

復本 ありがとうございました。黛さん、今後の俳句についていかがお考えでしょうか。

黛 先ほど宇多さんから「笑いが幼稚になっている」というご指摘がありましたが、本当にそうだと思います。もう一つ、今、クレーム社会ですよね。とにかくクレームがすごい。受けるほうもクレームをつけられないように身構えるので、世の中全体が息苦しくてこわばっている感じがします。特にそういう中で笑いって重要だと思うんですね。そもそも日本には「笑いの文化」があった。言い換えるとそれは「許しの文化」だと私は思うのです。私は歌舞伎の世話物が好きなのですが、「人情噺文七元結《にんじょうばなしぶんしちもっとい》」というとても良い話があります。当時の日本人はどんなにつらい時でも自分のことは二の次です。

人を思いやって支え合って、何かをあきらめ、何かを捨てて、最後は「まあ、しようがない、しようがない」と、笑い合って収める。あえて白黒決着はつけないであいまいなままにして許し合う。そこに日本人の知恵と逞しさがあるように思います。

俳句での笑いですが、やはり俳句でしか表現し得ない笑いがあると思います。それは生きることの根幹に関わるような笑いだと。川柳は個から社会に向けた風刺や穿《うが》ちであると思う。歴史とか事実を喜劇的に捉えるのが川柳で、個を超克したところにあるものが俳句だと思うのです。ある事象に内包されたおかしみ、瞬間を切り出す。そしてみんなで共有していく。そこには哀しみがあったり、矛盾もあったり、人間の愚かさもあったりしますが、それをみんなで共有する中で、和らいでいくというのが俳句の持っている力ではないか。しかし、対象との関係性を抜きにした絶対的な愛、敬意に貫かれていないと、それは詠めない。そういうことを心に置きながら、笑いの俳句にこれからも挑戦していきたいと思います。

復本　俳句という文芸も根幹には当然ながら人間性というものが深く関わっているんだということ、それを忘れずに励むということであろうかと思います。

（二〇一五年三月十四日）

Ⅳ

私の好きな一茶の句
——生きものの感覚

パネリスト

金子兜太
宇多喜代子
大串　章
原　千代＊
復本一郎（司会）

一茶は生涯に二万句を作る

復本　来年（平成二十五年）は一茶《いっさ》が生まれてから二百五十年になります。その一茶は生涯に約二万句を残しています。芭蕉《ばしょう》は約一千句、蕪村《ぶそん》は約三千句を残しています。芭蕉と同時代の関西の俳人、鬼貫《おにつら》は約一千句を残しております。時代を少し下りまして、正岡子規《まさおかしき》は非常に多く、記録マニアと申しましょうか、生涯に約二万五千句の作品を残しています。

一茶は好きな俳人か、嫌いな俳人か

復本　最初に、今、名前が出た俳人、特に江戸時代に限りますと、芭蕉、鬼貫、蕪村、一茶の他にも皆さんがよく知っている其角《きかく》、嵐雪《らんせつ》、暁台《きょうたい》……などたくさんいますが、パネリストの皆さんにとって一茶は好きな俳人か、嫌いな俳人かをお尋ねしたいと思います。皆さんは実作者でいらっしゃいますので、好き嫌いがあると思うのです。その辺を忌憚なくお話しください。まず原さんから。

原　好きか嫌いかで言えば「好き」です。反骨精神がある句も好きですし、オノマトペを使った面白い音の句の魅力もあります。ただ、俗な句の中でもちょっと俗すぎるかな、あまり詩的じゃないかな、と思うところもあります……。

大串　私は一茶が好きです。でもそれは、ここ数年のことです。と言いますのは、好きな俳人が年齢によって変わるんです。例えば中学生のときは蕪村の抒情が好きだったのですが、今はむしろ一茶のほうが好きです。

私は千葉県に移り住んで数十年経つのですが、九州から関西を経て関東に来て、なかなか馴染めなかった頃、よく房総の地を歩いていました。そこで一茶の句、

草花やいふもかたるも秋の風　『七番日記』

目覚しのぼたん芍薬でありしよな　『七番日記』

によく出会い、それまでと違った身近な感じで読みました。それ以来、好きになったのです。

例えば富津《ふっつ》には一茶は十数回来ています。富津には名主の織本嘉右衛門《おりもとかえもん》の奥さんで、対潮庵《たいちょうあん》（花嬌《かきょう》）という俳号をもつ人がいました。川嶋屋か大乗寺か織本家か正確には分かりませんが、私は織本家だと思いますが、よく泊まって句会をやり、多くの作品を残しています。花嬌は一茶より前に亡くなって大乗寺に葬られました。花嬌の三回忌にも

一茶はそこに行って作品を詠んでいます。また、流山《ながれやま》にも何回も行って、たくさんの句を残しているので、流山市には一茶双樹記念館という資料館もあります。

宇多　この壇上に座らされたら、一茶が「嫌い」とは言いにくい（笑）。今、復本さんが名前を挙げられた江戸時代の俳人で、私が五つ六つのときから名前を知っているのは一茶です。こんな童謡がありました。「一茶のおじさん、一茶のおじさん、あなたのお国はどこですか……」。子どものときは一茶は俳諧の人だとも知らずに唄っていました。一茶のおじさんが、「信州信濃の山奥の、そのまた奥の一軒家」というところに住んでいるよという歌でした。幼稚園に行っていたころ、すでに一茶の句はかなり知っていました。一茶には何事に対しても念の強さがありますね。ちょっと辟易するところもあるけれど、親しみやすいという意味では好きです。

復本　蕪村や芭蕉の俳句を小学生に教えるのはすごく大変ですが、一茶は小さい子どもたちにも馴染みやすい、〈雪とけて村一ぱいの子ども哉《かな》〉というような作品がたくさんある。ですから今、宇多さんが言われたこと、なるほどなあという感じがいたします。

では、金子さん。一茶が好きか嫌いかなどという自明のお尋ねをすると怒られてしまいますね（笑）。一茶との出会いはどういうところにあったのでしょうか。

金子　私は小学校のころからずっと埼玉県の秩父という山国におりました。生まれたところは少し手前ですが。あの山国はご存じのように上武甲信《じょうぶこうしん》と言い、群馬、山梨、長野と、全方向が山に接しております。山を辿って行くと一茶の生まれた長野県の柏原《かしわばら》に行くという感じがあって、大人たちも一茶は何となく親しみを持っておりましたね。そんな関係か、私も何となく子ども心に一茶に親しみを持っていたというのがまず始まりです。

「荒凡夫一茶」の「生きもの」感覚

復本　先生方には一茶のお好きな作品を春夏秋冬、季節ごとに一句ずつ挙げていただきました。その選句の意図をご説明ください。

金子　端折って申し上げるのですが、一茶は六十歳のとき、「自分は荒凡夫《あらぼんぷ》でいきたい」と自分の記録に書いております。「荒凡夫」は、煩悩具足の愚の男、普通の俗の男ということ。自分は荒凡夫で一生、いきたい、ということでした。私も、偉い人間になるより俗な人間として徹底して気楽に生きていきたいという気持ちだったから、一茶の考えに惹き付けられたことを覚えています。一茶は自分は荒っぽい人生を送っているから、「荒」と思ったのでしょうが、私は「荒」を「自由」と受け取りました。

私が選ばせてもらった春の句は〈花の影《（陰）》寝まじ未来が恐しき〉です。桜の花がきれいに咲いていて、その花の影で昼寝でもしていたいと思うが、うっかり寝ると自分はもう六十歳だから、このまま死んでしまうかもしれない。「死ぬのは嫌だ」と言っているのがこの句だと思います。率直に「死ぬのは嫌だ」と句に書くのは偉いと思います。これが「荒凡夫」の姿だ。非常に幼稚で素朴な姿だと思ったのです。

荒凡夫で、煩悩具足の愚の男が人生を生きてきて、他人《ひと》様《さま》にあまり迷惑をかけた様子もないのはなぜか。句の中から感じられるのは、一言で言って「生きもの感覚」です。例えば夏の句で挙げた〈花げしのふはつくやうな前歯哉《かな》〉。一茶は四十九歳で前歯がふわふわしだして、五十歳になると抜けてしまうのですが、「前歯がふわふわしているのは罌粟《けし》の花のような感じである」という、この感覚。江戸の終りごろの庶民の男の感覚ですよ。こういう洗練された感覚が持てるんだから、優れた生きもの同士の響き合いができるのだろうと私は感じるわけです。

秋の句は〈十ばかり屁を棄《す》てに出る夜永哉〉。普通「屁」などという尾籠《びろう》な言葉を使って、いい句は少ないのですが、これは名句だと思っています。秋の夜長に人の集まりからひょっと抜け出して、庭でぶーぶーぶーとやって、また帰って来る。また次の奴が「じゃ、俺もやってくべえ」と言って出て行って、ぶーぶーやってくる。何とも言えず、のどかな感じ。屁が人間の生活の中に温かく、のどやかに溶け込んでいる。こういう受け取り方は荒凡夫でなければできない。だから、これが荒凡夫の内容を代表する素朴な句の例だと思って挙げました。

こういう人は煩悩具足のとんでもない奴なのかもしれないが、「生きもの感覚」に恵まれているために、悪いことはしないし、できない。その特徴として、〈づ《(ず)》ぶ濡《ぬれ》の大名を見る炬燵哉《かな》〉という冬の句を挙げました。権威に対して率直に批判的にずけずけ言います。同時に、「づぶ濡」という、やや口語調の言い方を平気でやる。当時、口語調を使ったのは一茶が一番だと思います。

その他に擬態語、擬音語、オノマトペを実にたくさん使った。つまり「生きもの感覚」ですから、相手が生きている状態のままに俳句にしている。一番いい例は、復本さんが春の句で挙げた〈あゝ寒いあら〳〵寒いひがん哉《かな》〉、「あら〳〵」なんて擬態語を自由に使えるところがこの人の荒凡夫たるゆえんだと思います。

見てみますと、江戸期でも、いや子規まで入れても、一茶ほど擬態語、擬音語、オノマトペを使いこなした人は他にいないのではないか。つまり、生きもの同士の触れ合いが非常に緊密でデリケートだから、相手を見たらすぐ、生きている姿で捉えてしまうのです。だから、「あら〳〵寒いあら〳〵、あら〳〵〳〵」と捉えてしまう。

他に、オノマトペを使った句では、〈負角力《まけずまふ》むりにげた〳〵笑けり〉や、〈牛もう〳〵〳〵と霧から出たりけり〉などがあります。二句目はまさに霧から出てくる牛の姿が丸見えになります。こういう感覚があったことが、生きもの感覚から来るオノマトペを多産してくれた。これは現代俳句にとっても非常に役に立っていると思うのです。口語調とかオノマトペそのものを俳句の中に植え付けたのは、一茶だと思います。あとは言えばきりもなくあるので、この辺でやめておきます。

復本　オノマトペあるいは口語調俳句。口語調俳句で一茶が影響を受けた俳人に蕉門の惟然《いぜん》がいますが、惟然と比べても一茶ははるかに口語調をすすめたということが言えるのではないかと思います。

見たことをスッと句に詠む

宇多　一茶の句を語るとき、ちょっと厄介な境涯が、と申しますのも、五十歳を過ぎてお嫁さんが二度も三度も来る。生まれたお子さんはみんな死んでしまう。今の世でもつらいだろうと思うようなことを晩年に体験している。それに、兄弟間の財産を巡る争いだとか、面倒なことが多かったですね。そういう境涯を重ねて読むか、全く考えずに作品だけ読むかを考えて、むしろ作品だけを見てみようと思って、それを基準にして選んでみました。

春に詠んだ〈夕桜家ある人はとくかへる〉の「夕桜」の捉え方の美しさ。夕方、ぼやっとしているところに花が咲いていて、「僕には帰るところがない、ああ、家ある人は帰るんだなあ」と、あまり悲愴感が出ていませんね。

夏の句は〈投出した足の先也雲の峰〉。一茶の句には「雲の峰」と蟻の列がよく登場します。蟻の列が自分の足の先とつながっているとか、必ず地上の何かとつながっているんです。この句も天地のつながりをまことにうまく言い遂げていて、面白い句だなと思いました。

秋の句は〈うつくしやせうじの穴の天の川〉。今の人が読んでも面白い。宇宙に横たわる大きな「天の川」を極小の「せうじの穴」から見ている。それが全く不自然ではないのです。障子の穴から大宇宙につながっているというこの感覚は詩人として信じるに足るところだという気がいたしました。

「夕桜」とか「うつくしや」とか、〝美〟をよく理解した人だということがわかります。卑俗な中の美しさは俳句では大事な要素ですが、美しいものを見て、そのまま「うつくしや」と言ってしまう。感慨をそのまま「夕桜」という言葉に託してしまう。そういうところに、荒凡夫の「凡」の部分が出ているのではないか。

〈雪の原道は自然と曲りけり〉は何の計らいもないこの句に、妙に惹かれるところがあります。一切を隠してしまうような雪の原の道が自然と曲がっているのは、抗ってもしようがないなという気分ではないか。景を巧みに捉え、しかも凝った技巧がなく、見たことをスッと言っている。「荒」ではなく、「凡夫」の様が出ているのではないか。

このように、投げ出した足の先に雲の峰が続いている感覚、障子の穴から天の川につながっていく感覚は、現代でも全く違和感を持ちません。それを感じて、たいへん魅力的でした。

小さな生きものに寄せる気持ち

大串　一茶はまさに生きもの感覚で、しかも、小さな生きものや動物に親しみを込めて詠んでいます。春の句に選んだ〈ゆうぜんとして山を見る蛙哉《かな》〉は、小さな生きものに対する一茶の気持ち、見方、感じ方が出ていると思います。この〈蛙〉は悠然と見ていたかどうかはわからない。腹が減ったなあと思っていたかもしれないし、昨日は相撲で負けたなと思って見ていたかもわからない。それを「ゆうぜんと」と言った。一茶はむしろ「ゆうぜんと」とは反対の心境のときのほうが多かったのではないかと思います。その一茶にして、悠然と見るときがあったのか。そんなところに何か救われるような。詩には感情移入と抽象という大きな分け方がありますが、この句は、一茶がたまたま悠然とした気持ちでいたので、そのときに見た蛙も悠然と見ていると詠んだ。一茶のいわゆる感情移入の句として好きです。

夏の句は〈蟻の道雲の峯よりつゞきけり〉。宇多さんの話にもあった、大きな季語である「雲の峯」をこの句に付け合わせて、「蟻の道が雲の峰から続いている」と言ったところ、一茶の中に訪れた飛躍、想像力がよく表れていると思います。下五の〈つゞきけり〉は『おらが春』では「つゞきけん」、つまり「だろうか」となっていますが、『八番日記』の表現では「つゞきけり」ときっぱり言い切って、〈蟻〉と〈雲の峯〉の大きさの対比がすっきりと端的に出ています。

秋の句は〈夕月や流《ながれ》残りのきり〴〵す〉。去年（二〇一一）は東日本大震災という痛ましい災害がありましたし、その後、大洪水がタイを襲っています（タイ洪水）。一茶は流山に行ったとき、洪水の被害に遭っています。利根川が氾濫したとき、この〈夕月や〉の句を得ています。一茶は洪水の後、多くのものを目にしたと思うのですが、〈流《ながれ》残りの〉に、キリギリスという非常に小さな生きものが、流されないでよく生きていたなという一茶の気持ちがよく表れていると思います。

冬の句はちょっと趣向を変えて、〈大根引《ひき》大根で道を教へけり〉を選びました。私は田舎で育ったせいか、よく大根を引いたり芋の苗を植えたりしたので、この句は中学生のころから好きでした。大根で道を教えたところに現実感があっていいなと思います。『誹風柳多留《はいふうやなぎだる》』（川柳集）に〈ひんぬいた大根で道をおしへられ〉があります。一茶には滑稽な句も多く、自由自在に言葉を扱っていますが、この句を見ると、一茶は俳人だなという感じがします。

一茶の句の現代性

原　私が挙げた春の句は、金子さんと同じ、〈花の影《（陰）》寝まじ未来が恐しき〉です。この句自体にインパクトがあって、美しく、しかも迫力がありますが、前書の「耕《たがや》さひ、織《おら》ずして着る体《てい》たらく、今まで罰《ばち》のあたらぬもふしぎ也」を読んだとき、これを言われてドキッとしない現代人はいないのではないかと思うくらい、ショックを受けました。一茶の魅力はたくさんありますが、現代性、近代性というか、私たちにすごく近い感覚を感じて、この句を挙げました。もうひとつ新鮮だったのが〈未来〉ということばです。すでに一茶の時代にあったのかと驚きました。

西行は「花の下にて春死なむ」と詠み、梶井基次郎は桜の下に死体を埋めました。古来、桜と死は連想しやすいものだったのでしょうか。実は〈大名を馬からおろす桜哉《かな》〉とどちらにしようか迷ったのです。というのも、今回改めて一茶の句を読み返し、一茶の魅力のひとつに権力者に対する冷ややかな目があることに気がつきました。大名ほどのお偉いさんだって桜が美しく咲いていたら、もしくは美しく散っていたら、思わず馬から降りてお花見をしたくなってしまう。美しいものにはそれだけの力がある。「おりる」ではなく「おろす」というところに一茶のしてやったりという顔が見えるようです。粋な詠みっぷりだなあと。

夏の句は〈ほたるよぶよこ顔過《よぎ》るほたる哉《かな》〉。この句は「ほたる、ほたる」「よぶ、よこ、よぎる」で、音の魅力もありますし、情景もとても詩的です。自然とはこういうものではないか。呼んでも蛍は来ないけれども、呼んでない人の顔の横をスーッと過っていく。それを見た一茶は、自然そのものを感じているのではないか。宇多さんの挙げられた〈投出した足の先也雲の峰〉の、自然との一体感みたいなものとか、本当に自然を丸ごと感じていた人だなと思って、〈ほたるよぶ〉の句を選びました。

秋の句は〈どの星の下が我家ぞ秋の風〉です。一茶の背景を全く知らずに句集を読んで、この句に出会いました。真夜中に大地に寝転がって星空を眺めていると、宇宙がどんどん迫ってくるような、わたしの背中をぐいぐいと地球が押して宇宙に吸い込まれてしまうような、息苦しさと深いめまいを感じます。そして、宇宙のただなかに放り出されたような自己を押しつぶすような孤独と、同時にこんなちっぽけなわたしに何もできるわけはないのだという気持ちにも似た、何ものからも解放されすべてを宇宙に投げ出してゆだねても許されるようなそんな安堵も感じます。

一茶のこの句からはそれと似た、自由と孤独の美学を、すごく大きな自然を感じます。

冬の句は〈心からしなの丶雪に降られけり〉。芯から冷えていく長野の雪、それが人の冷たさにもつながってよけいに冷たく感じられる。故郷を喪失した一茶は気の毒だと思うのと同時に、その喪失感をうまく表現しているなと思い選びました。

復本 原さんは詩人でもいらっしゃるので、四句とも現代の原さんに問いかけてくる、あるいは迫ってくる、そういう作品をお選びいただいたと思います。

最後に私が選んだ四句です。金子さんが面白いとおっしゃった、〈あゝ寒いあら〳〵寒いひがん哉〉。正岡子規に、「母の詞《ことば》自から句になりて」という前書のある〈毎年よ彼岸の入に寒いのは〉という句があります。子規のお母さんがつぶやいた言葉そのままですね。その先蹤《せんしょう》をなす句として面白いと思っていただきました。

夏は〈芭蕉翁の臑をかぢつて夕涼〉。一茶と芭蕉は全く違った俳風で、それゆえ一茶がわれわれの共感を呼ぶのですが、その一茶にしてから芭蕉の存在を意識せざるを得なかった。芭蕉の存在の大きさ。それが窺える面白い作品ではないか、と。

秋は〈石太郎此世にあらば盆踊〉。一茶が五十九歳のときの作品です。このお正月に石太郎《いしたろう》という次男が生まれましたが、奥さんの背中で窒息して、すぐに亡くなってしまう。一茶は奥さんのことを怒っているのです。一茶のやさしい一面、子煩悩な一面を窺える作品です。

冬は〈餅つきに女だてらの跨火哉〉。われわれが子どものころは六畳、八畳の部屋に火鉢一つでしたから、とても寒く、寒さに耐えきれないときはよく、「跨火鉢《またひばち》」をして怒られたものです。この句は一茶らしいと言えば一茶らしい。一茶に〈亡母《なき》や海見る度《たび》に見る度に〉という句があります。一茶が数え年三歳の時にお母さんが亡くなっています。満年齢では二歳です。ほとんどお母さんの記憶はないと思います。それゆえ、〝女性は美しい〟というイメージがあったのに、眼前で〈餅つきに女だてらの跨火哉〉ですから、逞しい女性を肯定しつつも、ちょっとイメージが崩れてしまった、というような戸惑いの感じ。面白い作品かと。

一茶は性欲旺盛だった

復本　一茶に関する多くの著作を発表されている金子さんに、この際、これをお聞きしたいということを伺ってまいります。原さんからどうですか。

原　宇多さんが挙げられた〈投出した足の先也雲の峰〉は、金子さんの書で、長野県善光寺近くに碑があるそうです。先生はなぜこの句を選ばれたのでしょうか。

金子　ああ、それは一茶の催しがあったときですね。投げ出した足の先のほうに雲の峰を見るというのは一般の俳人ではない目の付け方じゃないかと思って。あのとき、いろいろな俳人が来ておったと思いますが、ちょっと面当てにやったところがありますね。宇多さんが褒めるほど、私はいい句だとは思ってないですけどね（笑）。

大串　一茶は抒情の句も作っています。例えば『七番日記』の〈次の間の灯《ひ》で飯を喰ふ夜寒哉《かな》〉〈有明や浅間の霧が膳をはふ〉とか。金子さんはこういう句はどう評価されますか。

金子　〈花げしのふはつくやうな前歯哉〉は、抒情体質と同時に生きもの感覚が働いて出来た句だと思ってます。だから、一茶の抒情体質を非常に大事にしています。大体、荒凡夫は抒情体質の人が多いんじゃないですか。

復本　「花げし」に注目すること自体が荒凡夫らしからぬというか、非常にナイーブな感じがします。一茶の別の面を見るような感じですね。

金子　そうなんです。よく「罌粟《けし》の花」に目を付けたなあ。自分のゆらゆらしている前歯と同じような感じだというんだから、これは「鋭い」以上だと思います。

宇多　今日、話題になった一茶、蕪村、芭蕉と並べて、「どこへ嫁に行くか」と問われたら、私は一茶は御免蒙りたい（笑）。芭蕉もちょっと御免蒙りたいですね。芭蕉のような精神性の高いところへ嫁に行ったら、さぞしんどかろう（笑）。まあ、蕪村のところに行くかなという感じですけど。一茶は五十歳代から、お嫁さんを三度もらっています。これもまた、エネルギーが晩年に固まったかな。そういう意味からしても、「俳聖芭蕉」とは言うけれど、間違っても「俳聖一茶」とは誰も言わない。そこが一茶の魅力かな。どうでしょう。

金子　ハイセイのセイは性欲の性じゃないかな（笑）。非常にスケベエな男のようですから。やっぱり、いい男ってのはスケベエなんじゃないですか。スケベエでないような男に大した男はいないんじゃないか。これは私の持論です。

復本　一茶の日記を見ますと、「三交、五交《こう》」とか書いてあって、これは金子さんが言われたエネルギーでしょうね。エロスと創造力が表裏をなすと言いましょうか。

金子　やはり凡夫というのは性欲が解放されているタイプじゃないでしょうか。それも煩悩の一つですからね。ですから、非常に性欲旺盛です。

復本　金子さんがお選びになった春の句、〈花の影《（陰）》寝まじ未来が恐しき〉は『七番日記』では〈けふは花見まじ未来がおそろしき〉とあります。五十六歳のころの作です。一茶の研究者の矢《や》羽《ば》勝幸《かつゆき》さんなどは〈けふは花〉の句を本意句として採り、注記のかたちで〈花の影《（陰）》寝まじ未来が恐しき〉の句の処理をされていますが、金子さんがおっしゃったように死を前にしての一句、やはり〈花の影〉のほうに魅力をお感じになりますか。

金子 ええ。〈花の影〉に魅力を感じます。初期の言い方は自分でもちょっと稚拙な感じがしていたのではないか。というのは、さっき原さんが有名な前書をおっしゃっていましたが、あの前書を書くようになって〈花の影〉に変わった。それだけ重みを加えたと思いますが、どうでしょう。

「軽み」を摑んだ一茶

復本 芭蕉でしたら、「旅の詩人芭蕉」、あるいは「さびの詩人芭蕉」という呼び方があります。金子さんは一茶の言葉を借りて、一茶を「荒凡夫一茶」と呼んでいます。私の恩師である栗山理一《くりやまりいち》先生は「芭蕉が正の詩人だとしたら、蕪村は少し韜晦している譎《けつ》の詩人、一茶は奇の俳人」という把握をされています。私自身は「野趣の俳人一茶」と呼びたいと思っております。一茶はトータルとしてどのような詩人としてキャッチフレーズをつけたらいいでしょうか。

原 難しいですけれど「自然と一体となった俳人」としたいです。

大串　「灯《あか》りの詩人」だと思います。と言いますのは、一茶が詠むと哀しい句でも励まされるところがある。〈露の世は露の世ながらさりながら〉は、世の中はそう見ないといけないんだなと、落ち込んでいたのが、ちょっと心に明かりを灯される。実は「あかり」は、私の挙げた句の〈蟻〉のア、〈蛙〉のカ、〈きりぎりす〉のリから取りました（笑）。

宇多　一茶のところに嫁に行くのはイヤだけれど、友だちには是非なりたいということで、「まるまる人間一茶」というのはどうでしょうか。「まるまる、人間だ」という感じで、決して人間以外ではない。

金子　全く賛成ですな。いちばんいい人間は荒凡夫なんだ。そういうことだ。私は、芭蕉は「軽み」を摑めてなかったと思うのです。一茶は「軽み」を摑んだ。だから、近世俳諧史を通じて「軽み」が分かっていたのは一茶だと思います。芭蕉は晩年、人間としてつまらない男になっていますからね。

復本　確かに芭蕉は五十一歳で亡くなりましたから、これからという思いがあったでしょうが、一茶は六十五歳まで存命でしたから、「軽み」の境地に達している。「軽み」の人間というか、そういうご意見を、なるほどと。

金子　最後に、黛まどかさんが最近出した『引き算の美学　もの言わぬ国の文化力』（二〇一二年二月、毎日新聞社）を読みましたら、今フランスで一番人気がある俳人は一茶だそうです。私の体験でいうと、漢俳《かんぱい》、中国の俳人たちは一茶がいちばん好きです。アメリカ人も多分、一茶が好きなんじゃないか。これはあてずっぽうで、ではできませんが。だから、国際級の俳人は芭蕉ではなくて一茶だと思う。

（二〇一二年三月十日）

＊海外出張の黛まどか氏に代わり、特別参加で原千代氏が出席しました。
【原千代】（はら・ちよ）一九七三年、東京生まれ。「鬼」所属。全国高校生俳句大賞の予選選考委員を務める。

V

一茶と井月
——人事句に注目しつつ

パネリスト——金子兜太
宇多喜代子
大串　章
黛　まどか
復本一郎（司会）

蕪村と虚子の間に一茶、井月がいる

復本　本日のテーマにもなっている、一茶《いっさ》と井月《せいげつ》は二人とも長野県で活躍した俳人です。一茶は北信、井月は南信でした。「人事句に注目しつつ」というサブタイトルは、皆さん、よくご存じのように、正岡子規《まさおかしき》の弟子だった高浜虚子《たかはまきょし》は、「花鳥諷詠《かちょうふうえい》」を唱えました。花鳥諷詠とは、「花鳥風月を諷詠するということで、いっそう細密に言えば春夏秋冬四時の移り変わりによって起きる自然界の現象、ならびにそれに伴う人事界の現象を諷詠するの意」と言っています。「自然」と言えばいいものを、わざわざ「それに伴う人事界の現象を諷詠する」としている。明治二十九年、虚子がまだ二十三、四歳の青春のころ、子規は虚子を「蕪村《ぶそん》以来、虚子が人事句を新たに興した。それは明治の人事句であり、非常に素晴らしい」と激賞するわけです。そのことが虚子の念頭にあったからなのでしょう。

　子規の指摘は蕪村から一挙に虚子に飛ぶのですが、その間には、一茶や井月がいる。その辺の人事句に焦点を合わせて、皆さんからそれぞれのお考えをお聞きします。

一茶は定住、井月は漂泊

復本　先生方に一茶と井月の句を三句ずつお選びいただきました。まず金子さん、なぜこの句を選ばれたのでしょうか。

◆金子兜太が選ぶ一茶の三句

芭蕉翁の臑《すね》をかぢって夕涼
負《まけ》角力《ずまふ》むりにげたく笑けり
露の世は露の世ながらさりながら

◆金子兜太が選ぶ井月の三句

淵明も李白も来たり涼み台
同じ手を二度して勝ぬ辻《つじ》角力《ずまふ》
秋の寂つゆも谺《こだま》となる夜哉《かな》

金子　結論的には二人とも人事句に優れた作品を残していると思うのですが、大きな違いがある。それは、一茶の場合は五十歳で郷里の信濃に帰ってきて、柏原《かしわばら》に定住して、お弟子さんもたくさんできた。その中で「自分は荒凡夫《あらぼんぷ》でありたい。俗な句を作りたい」と考えておりますので、全く人間《じんかん》にまみれて作るというか、人の中に入って彼は句を作り続けたと思います。彼の人事句はそういう意味で人間《にんげん》にまみれた句だと思います。

一方、井月は、三十代半ばから伊那の谷間を歩き回っていて定住先がない。しかも彼は芭蕉を崇拝していましたから、芭蕉の持っている精神を自分の身に帯して放浪の生活を貫きたいと願った。そこから摑んでくる人間ですから、一茶とはまるで違う。俗な人事ではなく、非常に清潔な人事の世界だ。定住している人間と定住していない人間の違いは決定的だったと思います。ここに挙げるつもりだった、〈何処やらに鶴《たづ》の声聞く霞かな〉という句があります。この句を臨終の句として書き、そして死んでいくわけです。

ところで、井月は長岡藩の武家の出と言われております。武家の位は分からないが、彼には芭蕉崇拝という純精神的な面だけではなく、自分は武家の出だから伊那に居る庶民たちとは格が違うんだという思い、自負心がどこかにあった。それが彼を支えていたのではないか。このことは意外に重要で、井月の人事句を探って読んでみますと、一種のプライドをつねに感じますね。やや、プライド過剰な感じがするのです。だけど、そうでなかったらあれだけの放浪は支えられなかったのではないかと思います。

復本　幕末ですから、ご指摘のように士族意識は非常に強いと思います。そしてもう一つ、金子さんのご主張の中に「定住と漂泊」があります。一茶は定住、井月は漂泊だと。この違いが二人の人事句に反映しているのではないかという刺激的なご指摘でした。

多く人事を詠んだ一茶、いい水の出る地を選んだ井月

◆宇多喜代子の選ぶ一茶の三句

蚊屋つりて喰に出る也夕茶漬

空豆の花に追《おは》れて更衣

行人を皿でまねくや薬喰

◆宇多喜代子の選ぶ井月の三句

涅槃会や何処の内儀か最《も》う日傘

見てとりし後姿や薬喰

鶏の耳そば立てる鳴子かな

宇多　私は人事・生活を詠んだ句を三句ずつ取り上げました。一茶の場合はほとんどの句が人事・生活ですが、例えば「春の風」という季語を使うとき、「春の風」そのものを言うのではなく、「春の風」にかかわる人事を詠んでいる句が多いですね。だから、一茶の句はスリリング。私が選んだのはそういう句です。「夕茶漬」「薬喰」とか、強く衣食住にかかわってくることが人事季語には多い。

一茶に比べると井月は、今、金子さんが言われたように伸びやかで清らかな感じがします。それは「武家の出身だから」とご指摘があって、なるほどと思いました。

人事句に対応するのに、大景を描く、いわゆる自然詠という句柄がありますが、それを極めたのは大正時代の俳句だろうと思います。人間の存在を消してしまって、大景を詠む。それに比べて人事句は、目の前のコップに水が入っているとか、大串さんの時計が少し曲がっているとか、身辺の些細なことを面白く捉えると、今日の春のうららかな感じが出てくる。生きていく上での小さい微妙なことが詩に昇華する。ですから、人事句もどこかに、その人の生きていく方向が必ずついて回る。

江戸、明治、大正のころには、今の女性たちが詠んでいるような人事句は少なかったと思います。それが変わってきたのは昭和五十年くらいから。女性がたくさん俳句の世界に出てこられたことで、人事句の性格が変わってきた。身辺の小さいことを非常にうまく伝える。スケールが小さくなっていながら、そこからまた広がるものが大きい、いわゆる厨俳句、台所俳句と言われている俳句が非常によく開発されたと思うのです。

話を戻しますと、一茶の故郷は〈是がまあつひの栖か雪五尺〉と詠んだ長野の北信、雪の深い柏原ですね。もっと暖かいところに住みたいと思っても、定住者は自分が住むところを選べないのです。ところが、漂泊をしている人は住み心地のいいところに行きます。山頭火《さんとうか》も、井月もそうですが、句を詠んだところは必ずいい水が出る。今の「名水百選」とか、厚労省の選んだ「いい水の出るところ」とぴったり合う。ここは水のおいしいところだという情報もないのに、なぜか彼らは行っている。そして、「こんないい水が湧いている」という句をたくさん詠んでいます。

私の先生の桂信子《かつらのぶこ》の菩提寺が駒ヶ根《こまがね》市（長野県南部）にあるので、伊那には縁があるんです。伊那にある結社「みすゞ」の人と話をすると、井月が話に出てきます。なるほど、ここだったら誰だって来たいな、住みたいなと思うような土地を井月は選んで住んでいますね。酒がおいしい、水がおいしい。だから、井月はよく酒を飲んでおります。

井月が詠んだ陶淵明と李白

◆大串章の選ぶ一茶の三句

目出度さもちう位《くらゐ》也《なり》おらが春
ゆうぜんとして山を見る蛙哉《かな》
草花やいふもかたるも秋の風

◆大串章の選ぶ井月の三句

目出度さも人任せなり旅の春
淵明も李白も来たり涼み台
旅人の我も数なり花ざかり

大串 私の選んだ句ですが、一茶の一句目の〈ちう位〉は信州の方言で、あやふや、いい加減、どっちつかずとかいった意味です。一茶は中七ではっきり言っている。そこに一茶の自覚と、それをよしとする心根が表れていると思います。

井月の一句目は、一茶の〈目出度さも〉と〈ともかくもあなた任せのとしの暮〉を踏まえて、〈目出度さも〉と言い、〈人任せなり〉と言って、〈旅の春〉を重ねている。井月は「乞食井月《こつじき》」と言われたそうですが、先人の俳句をたくさん読んで、自分の体の中にしまい込んでいた人ではないかと思います。

一茶の二句目は、陶淵明《とうえんめい》の「菊を采る東籬《と》の下　悠然として南山を見る」という有名な詩句を踏まえています。蛙に人を重ねているというか、逆に人間を蛙に見立てているというか。ですから、許容範囲内として人事句にしていただきたい。

井月の二句目はその陶淵明の名前を直に出しています。陶淵明と言えば当然、もう一人の詩人、李白《りはく》も呼び出されます。恐らく井月は淵明より李白が好きだったのでは。と言いますのは、李白は淵明よりお酒が好きで、一説によると、李白は水に映った月の影を取ろうとして飛び込み、溺死したと言われています。それほど李白の好きだった酒を井月もまた好んだということで、李白のほうが好きだったのではないかと思うのです。

井月のお酒の句は、すべての季節に出てきて、いいなと思う句が多いです。陶淵明と李白、二人の名前を出して俳句を作るとき、季語をどうするか難しいところですが、井月は庶民的で懐かしさのある〈涼み台〉を使いました。そこに井月の人間味が出ている。

一茶の三句目ですが、一茶は上総《かずさ》の富津《ふっつ》を何回も訪れています。その富津で織本花嬌《かきょう》としばしば句座を共にしています。その花嫣が亡くなったときに、織本家の菩提寺、大乗寺で花嫣のことを思い出して詠んだ句です。

井月の三句目は、取るに足らない自分ではあるけれども、旅人であった芭蕉、一茶、そういう先人の流れを汲んで、自分も旅人の一人である、今は花が美しいなあという一句だと思います。

フランスでの一茶の人気

◆黛まどかの選ぶ一茶の三句

大根引大根で道を教へけり
露の世は露の世ながらさりながら
雪とけて村一ぱいの子ども哉《かな》

◆黛まどかの選ぶ井月の三句

除け合うて二人ぬれけり露の道
なにがなと冬至の門へのぞきけり
子供等が寒うして行く火燵かな

黛　実は、あまり一茶が好きではありませんでした。でも、一九九九年に北スペインのサンティアゴ巡礼道を歩いた頃から一茶に興味を持つようになったのです。バックパック一つでピレネー山脈を越えて八〇〇キロを歩くのですけれど、コンビニも自販機もトイレもない。そのとき初めて、兜太さんがおっしゃる、現代生活では経験できないような「生きもの」感覚を経験したように思いました。

ところで、兜太さん、一茶は疥癬《かいせん》にかかっていますね。

金子　はい。

黛　私も巡礼中に、疥癬にやられました。ダニが皮膚に入って強いかゆみが出る。そういった体験を通して、一茶の句に魅力を感じるようになった気がします。一茶は「身体性」で詠んでいたので、私も「身体性」を獲得していく中で、理解が深まっていったのだと思います。

ちょうど、時を同じくして、マブソン青眼さんと一茶について千葉で対談をする機会があり、上総下総《しもうさ》での一茶の動きを調べました。そうしましたら、上総で一茶が定宿にしていた選択寺《せんちゃくじ》というお寺がうちの親戚なんです。驚いて選択寺に電話で確認したら、「ああ、うちに一茶の句碑があるよ」と。選択寺の裏にある東岸寺も親戚で、一茶はそこで「藤勧進」句会をやっています。ずいぶん遠回りしたけれど、実は一茶と薄いご縁があったのだと思い、その頃から一茶を意識的に読むようになりました。

二〇一〇年からフランスに一年ほど滞在していたのですが、フランスでは圧倒的に一茶が人気でした。まず、平明ですから誤訳が少ない。それから一茶は境涯を詠んだ句が多いので、外国人にも共感しやすい。他にもいろいろな理由があるのですが、フランスで一茶の魅力を再発見しました。

私が選んだ一茶の句は、人口に膾炙した〈大根引大根で道を教へけり〉。農民に道を聞いたら、泥だらけの手で、泥のついた大根で、あっちだよと教えてくれる。働く手も止めずに教えてくれる。まさにその「泥だらけの手」に労働の誇りや人生がすべて出ています。短い時間に田舎の人と旅人の触れ合いや交歓がよく出ている句だと思います。

一茶の二句目は、兜太さんが書いておられますが、免疫学者の多田富雄《ただとみお》さんが亡くなる直前に「最後はこの句に尽きる」とおっしゃっていたとか。多田さんは脳梗塞になられ、その後、新作能の「原爆忌」を書かれたそうですね。

金子　ええ。おっしゃる通り。

黛　〈さりながら〉の含蓄が深い。一茶の長女のさとが亡くなったときの句です。「儚い世だとは知っているけれど、でも、さりながら」と、その後に、言葉にならない一茶の慟哭があると思うのです。ただ、同じ年、文政二年の暮れに〈ともかくもあなた任せのとしの暮〉と詠んでいることにも注目しました。わずか数か月の間に、〈さりながら〉が〈ともかくも〉になっている。〈さりながら〉には断ち切れない未練が含まれていますが、〈ともかくも〉には「どのようであっても、何にせよ」で、和解なんです。「ともかくもあなた任せ」、神様仏様に自分の運命は任せますよといっている。数か月の間に一茶が俳句を通して折り合いをつけていく様子が、二つの句によく表れています。

一茶の三句目も有名な句です。雪深い柏原ならではの句であると同時に、一茶はたくさん子どもを亡くしていますので、一茶の理想、夢の世界を描いたように思います。

井月の三句は、それぞれ違う情景を詠っています。『養生訓《ようじょうくん》』によると、冬至の日は陽気が初めて生じる日だから、あまり労働をしてはいけない、外に出てもいけない、お灸を据えてはいけない、わずかな陽気を大事に静養しなさいという日です。井月を世に出した下島勲《しもじまいさおし》さんが書いていらっしゃいますが、井月は放浪というよりは浮浪というような生活をしていた。井月は世間と本当は離れていたと思うのです。その距離感が涼しく句に表れているものを選びました。

子どもを詠んだ両者の句

◆復本一郎の選ぶ一茶の三句

雪とけて村一ぱいの子ども哉《かな》
持たすれば雛《ひひな》をなめる子ども哉
名月を取てくれろと泣く子哉

◆復本一郎の選ぶ井月の三句

泥くさき子供の髪や雲の峰
子供にはまたげぬ川や飛螢
魂棚や拾はれし子の来て拝む

復本　両者とも子どもを対象としての三句ずつ挙げました。今、黛さんも触れられたのですが、一茶は生まれる子が次々に早死にしまして、生前に自分の子がすくすくと成長する姿を見ることはできなかった。それゆえに子どもへの関心は非常に強いと思います。
一方、井月は〈妻持ちしことも有りしを着衣始《きそはじめ》〉と詠んでいるので、恐らく結婚をし、子どももいたと思います。その妻子を棄てて故郷を出た。そうすると、いやでも子どもへの関心が強いということで、このような子どもに対する句を残しているのではないかと思います。

スリルを感じる一茶、無抵抗の井月

復本 もし、一茶あるいは井月という二人の俳人が同時代に生きていたとしたら、皆さん、それぞれの俳人に対して、どんな一言を投げ掛けたいかをお聞かせください。

金子 非常に簡単です。井月にはどこかで常に知的はからいが働き、「自分は武家の出である」という一種の権威感が働いていたと思います。その点で私は井月という男があまり好きじゃございません。一茶にはそれがほとんどない。例えば一茶の句に〈負角力《まけずまふ》むりにげた〱笑けり〉とある。角力に負けた男の恥ずかしそうな姿をそのまま書いている。ところが井月は〈同じ手を二度して勝ぬ辻角力《つじずまふ》〉で、大げさに言えば「知的計らい」を見抜いて書いている。自分にもそういうものが常にあったからだと思いますね。

この二句を比べただけでも、私は一茶のほうがいい男で、井月はあんまり親しめない男だと思う。だから、井月が芭蕉を崇拝していたと言っても、自己顕示が伴った崇拝だと思いますから、危ねえと思ってます。

復本　私もここで反論したらよろしいんでしょうけれど、長くなりますので……。宇多さんはどうでしょうか。

宇多　友だちとして一杯飲むと楽しいのは、もしかしたら酒飲みの井月より一茶かな。「虱井月《しらみせいげつ》」と言われたり、どちらもまあ、バッチイですよね。だけど、その汚さの中に生《なま》の生き方があるのであって、魅力的なのはやはり一茶でしょうかね。一茶はちょっと攻撃的なところがあるでしょう。ところが井月は……。復本さんが編まれた『井月句集』（岩波文庫、二〇一二年刊）を読むと、子どもが井月にやたら石を投げるんです。でも、「こらッ」とも何とも言わない。私はああいうときに「こらッ、痛いじゃないか」と言う人が人間だと思う。石を投げられて、頭から血が出ているんでしょ。それなのに、そういうことに一切お構いなしというような人は、そばで一緒に酒を飲んでも面白くなかろうという気がするけれど、いかがかしら。井月は無抵抗なところがあるでしょ。だから、清らかな感じはするけれど。句の表情はまた別として、人間としては一緒に居てスリルがなきゃ面白くないですよ。だから、そういう意味では一茶がいいと思う。

金子　井月を一言弁護していいですか。井月は無抵抗でいないと伊那から追ン出されてしまう。行き場所がないわけだ。だから、子どもにまで気を遣っていたということじゃないかな。いつも気を遣って、ゴマすって歩いているんですよ、あの人は。いやいや、本当です。いろいろなものに非常に気を遣っている。

宇多　それで処世の方法が身につくんでしょうね。そうなるとすでに定住者ですよ。気を遣いながらそこに居るのは定住者だと思う。だから、放浪の俳人は、皆、ちょっといかがわしいんです。山頭火《さんとうか》もいるけれど、あれは現代人が作った憧れの、虚の世界ですね。彼らにしたらそういう気はなかったと思う。

復本　まあ、芭蕉もある種のいかがわしさは持っていますしね。それはおっしゃる通りだと思います。

宇多　芭蕉は俳聖になっちゃったから困るんですね。

一茶の女性関係

大串　先ほども言いましたが、一茶は富津の女流俳人、花嬌を十数回、訪ねて泊まっている。三回忌にも花嬌の家に行って、俳句を詠んでいる。そういうことを何も隠さず堂々と書いている。特に三回忌のときは「四日　花喬（嬌）仏」の前書のある〈目覚しのぼたん芍薬でありしよな〉。朝、目が覚めた寝惚けまなこには、花嬌は牡丹か芍薬のように美しかった、と詠んでいる。

それで一茶に対する質問は、花嬌とどういう関係だったのかを聞きたいと思います。井月には花の宿の句や、酒がおいしかったという句がたくさんあるのですが、花嬌のような女性の名前は絶対出てこない。「あなたは一体、どういう人のところに泊まったのか。言いたくないだろうが、教えてくれないか」という質問をしたいと思います。

復本　ありがとうございました。大串さんらしからぬご質問でした（笑）。

無抵抗で解放感のある最期

黛　私は一緒にお酒を飲むのも嫁に行くのも、どちらもタイプではない（笑）。芭蕉の〈旅人と我《わが》名よばれん初しぐれ〉を、井月が本句取をした〈旅人の我も数なり花ざかり〉があります。そして、一茶には〈椋鳥と人に呼《よば》る丶寒哉《かな》〉があります。芭蕉は無足人《にん》、下級武士です。井月もおそらく武士の出だったと言われています。この三人の中で一茶だけが庶民で、椋鳥《むくどり》と呼ばれる立場にある。芭蕉は生涯を俳句の真を突き詰め、求道して歩いた人。一茶は闘いと抵抗の歴史だったと思うのです。抵抗とは伝統への懐疑であり、権威への抵抗であり、弱者を貶《おとし》めるものへの抵抗、呪詛であったと思うのです。

自分自身、小さいころから継子いじめをされて、遺産相続で争って、江戸では椋鳥と呼ばれてなかなか受け入れられなくてという、抵抗と闘いの歴史だったとも思います。

一方の井月は、宇多さんも指摘されたように、本当に無抵抗だった。石を投げられ、頭から血が流れていても、ニコニコと笑ってふらふらと立ち上がり、そのまま立ち去っていくものだから、石を投げたほうが怖くなるくらいだったというエピソードが残っています。権力、金力、暴力、寒さ、暑さ、飢餓、病苦、すべてに対して無抵抗だった。すべてあるがままを受け入れて、浮浪しながら生きていた。自分は武家出身だという知的な誇りみたいなものが鼻につくというご意見がありましたし、その部分も感じるのですが、無抵抗な人生を支えるにはその矜持が必要だったのだとも思います。

臨終の際のエピソードを見てみると、一茶はあまり幸福な臨終ではないですね。火事になって、焼け残った土蔵の中で亡くなっています。でも、奥さんに看取られた。芭蕉はお弟子さんたちに囲まれて、笑いの中で死んでいます。井月は、糞尿まみれで道端に転がって、村人に戸板で運ばれ、一か月後に亡くなる。最期まで無抵抗で何物にも縛られない生き方をした。お腹が空いていて、寒い日もあっただろうし、痛いこともあっただろうし、辛かっただろうけれど、解き放たれていた。大往生だったと思います。

生涯に残した句の数

復本　ありがとうございました。一茶と井月は似ているようで似ていないところがあります。室生犀星《むろうさいせい》が「ふるさとは遠きにありて思ふもの」という詩を歌いましたが、一茶はふるさとに居据わった。それは一茶のエネルギーだと思うのです。ところが、井月は故郷が気になりつつも、故郷へ帰ることが出来なかった。これはもろもろの事情からですけれど、井月は純粋な生き方をしたと言いましょうか、名利に恬淡と言いましょうか、『撰集抄《せんじゆうしよう》』の中の乞食のような生き方が理想であったし、その生き方を貫いた人ではなかったかと思います。生涯に作った作品数で比べてみましょう。作品の数をもって残るか残らないかとは言えませんが、一茶は日記をつけていましたから、約二万句の作品を残しております。これに対して井月は、伊那の地元の人たちが必死になって今でも残っている短冊などを集めていますけれども、千八百余句です。かなりの差があるのですが、実は芭蕉は生涯句数が九百八十句くらいです。因みに子規は二万五千句くらいです。ですから、意外と一茶と子規とは記録魔的な共通点があるかもしれません。
最後に、皆さんにぜひお尋ねしたいのですが、今までに何句をお作りになっていらっしゃいますか。

金子　人に見せて自慢できる句というと六千句くらいでしょう。数だけでいけば一万句くらい作っていますよ。

宇多　句集に残している句で二千句くらいあるから、それの三倍くらいかなあ。

大串　今、作った句はパソコンに保存していますが、新聞や総合誌や自分の雑誌などに出した作品以外は全部消してしまいますので、数は分かりません。例えば一か月に三百作って、発表した句が三十でしたら、それ以外は消します。それで、いわゆる活字になった句は、五千くらいかなあ。中学、高校時代はノートに書いていましたから、それは残っていますけど、数えたことはありません。

黛　私は句集に入れた作品が千何百で、もちろん捨てるほうが多いですから、三、四千句くらいでしょうか。

復本　ありがとうございました。お話を伺い、たくさん作るということは、俳句上達の上でかなり重要な要素だと思われます。ここにいらっしゃる、第一線でご活躍の四先生、いずれもが五千句前後はお作りになっておられるということでした。

（二〇一三年三月十六日）

Ⅵ

子規の彼方に

——脱「月並」

パネリスト

金子兜太
宇多喜代子
大串　章
長谷川　櫂
黛　まどか
復本一郎（司会）

子規の言う「月並」とは何か

復本　本日は「子規の彼方に——脱『月並』」をテーマに討論いたします。「彼方」と言っても、これから我々がお話しさせていただくのは未来の時間、子規から今日に至り、さらに先を見据えた討論です。

まず「月並」とはどんなものか。私からお話しします。子規自身が晩年の随筆『病牀六尺』（明治三十五年刊『子規随筆』所収）に、「俗宗匠の作る如き句を月並調と称す」と書いています。さらに「俳句以外の事に迄、俗なる者は之を月並と呼ぶ事さへ少からず」。これが私たちが今、会話の中でも使う、「月並」であります。

具体例として、「住居に就いていへば、床の間の右側の柱だけ皮付きの木にするは月並なり」とあります。私もふと自分の家の床の間を見たのですが、やはり皮付きの木でした（笑）。月並の典型的なものがわが家にもありました。つまり私たちは「月並」ということを比較的なじみ深く味わっています。

そして、『獺祭書屋俳話《だつさいしょおくはいわ》』（明治二十六年刊）の一節に、芹舎《きんしゃ》という、子規の登場する時代の前の著名な宗匠がいましたが、その芹舎の句の〈余の木皆手持無沙汰や花盛り〉

が挙げられています。桜の花がきれいに咲いている時には、ほかの木は見られることもなく手持ち無沙汰だという句ですが、この句に対して子規は「尤《もっとも》拙劣なる擬人法」だと言います。この「擬人法」は月並の一つの特色であると言っていいかもしれません。

しかし、子規は全ての擬人法を否定しているわけではありません。「ものの活動する場合、又は滑稽の意を帯びたる場合には擬人法を用いてもいい」と言っております。

子規が亡くなる前年に刊行された『俳句問答　上之巻』で、子規は「月並とは何か」を箇条書きで述べています。その「第一」が月並の月並たるいちばんの根幹だと私は思います。

「我（「新俳句」「新派俳句」）は直接に感情に訴《うった》へんと欲し、彼（「月並流」「月並俳句」）は往々に知識に訴へんと欲す」

知識に訴えた俳句が月並である、と言っています。「月並」を説明する的確な言葉だと思います。俳句を感情で作るか、あるいは知識で作るかは、「月並」を考える時、非常に大きなポイントだと思います。

「消息」欄では次のように言っています。

「月並調のひねくりは、理屈に訴へて面白がらする者にて、稍《やや》謎に近き事に候」（明

治三十三年九月十日「ホトトギス」第三巻第九号）

謎解きの要素がある俳句、「理屈」に訴える俳句は月並調だと言う。先ほどの「知識」と近く、知識とか理屈とかに訴える俳句はいけないと子規は言っています。

芭蕉以来、俳句にとっては「理屈」は、マイナスの要素として考えられております。ですから、芭蕉の弟子の許六《きょりく》も「腸《はらわた》をつよく案じて口外へ出《いだ》す時、無分別に理屈なくいふ事也《なり》」（『宇陀法師《うだのほうし》』）と言っており、子規もそれを継承しています。

もう一つ、ご注目いただきたいのが「棒三昧」（新聞「日本」明治二十八年十二月六日付）です。これは面白い月並の説明です。

尾崎紅葉《おざきこうよう》の句〈霜白しさらばと富士を眺めけり〉を、子規は「まったく意味が分からない」と言っています。その理由の一つが「東京では朝霜が白く降りているので、富士山では雪がたくさん降っているだろう」という意味だとすると、芭蕉の弟子の智月《ちげつ》に〈ふる雪に猶大きかろふじの山〉、「雪がたくさん降っているので、富士山は大きく、より鮮明に見えるだろう」という名句があることを、勉強家の子規は、『千鳥掛《ちどりがけ》』（正徳六年刊）という当時の俳書に目を通して知っていたからこそ、そう言っているのでしょう。

もし「霜の白き朝は晴れ渡っているので、今日こそは富士も見えるだろう」という内容だったら、〈薄赤う旭《ひ》のあたりけり霜の不二〉、あるいは〈朝霜や不尽を見に出る廊下口〉のほうがいいと。これは子規が試みに作った句でしょう。

要するに、尾崎紅葉の〈霜白し〉の句は、知識に頼っているのでよく分からない、「謎の如く曲折して智識に訴ふるを要せず。只ありのまゝを客観的に叙述するを可とす」と言うわけです。尾崎紅葉の句は「月並」を理解するのに的確な作品だと思います。

子規の精神世界の大きさ、〈鶏頭の〉の句

復本　前もって皆さんにアンケートに答えていただきました（一三二―一三三ページ参照）。一つ目の設問は、「子規の作品中、次世代に残したい句二句をお示しください」。よく知られている〈鶏頭の十四五本もありぬべし〉の句を挙げたのが金子兜太さん、長谷川櫂さん、黛まどかさんです。金子兜太さん、なぜこの句を採られたのでしょうか。

金子　簡単に言えば省略の妙味です。俳句というのは無駄なことを言わないのが特徴だと思います。まったく無駄なことを言わずに一句を成している。しかも、宇宙を形成したと言っていいくらいの大きさ、子規の精神世界の大きさを示してくれた句だと思います。そういう点でほかに類を見ない。芭蕉も時々いい句を作っていますが、この句に比

べたらスケールが小さい。これは世紀を通じて誇るべき句です。非常に簡単な風景によって天地を変えている。

長谷川　一言で言うと、凄い存在感。子規の全句の中で頭抜けている、ずしっとした感じの句だということが一つ。

そして、〈ありぬべし〉で、病床に臥しているので近くまで行って確かめることができないという、子規の置かれている状態や彼の心理まで暗示しているところがいいと思います。

黛　この句は脱月並の集大成のような句だと思います。一つは、写生をしている。まったく理屈を排除して、一切の修飾、小細工をしていません。鶏頭という花の質感と重量感、調べの、音の重さが与えるイメージだけで勝負をしている。もう一つは題材の新しさがあります。同じ花でも、萩でも薄でもほかの秋の七草でもなく、鶏頭を選んだ。伝統的に多く詠まれている花ではないのです。

この句が作られた時、子規庵での運座で鶏頭一題十句を詠んでいます。その前後の句を見ますと、前の句が〈萩刈て鶏頭の庭となりにけり〉です。『万葉集』では「萩」がいちばん詠まれていますが、萩を刈って鶏頭の庭となった。そこに子規の覚悟が出てい

＊　＊　＊

◆設問1　次世代に残したい子規の二句
◆設問2　今日的に見て、月並俳句と思われる二句
◆設問3　子規をテーマにした自選二句

◆宇多喜代子

1 毎年よ彼岸の入に寒いのは
フランスの一輪ざしや冬の薔薇

2 意にかなう酒ありにけり春の雨　喜代子
雪の朝二の字二の字の下駄のあと　捨女

3 ガラス戸を真直に抜けて春の風
コンビニ弁当子規の枕辺にも届く

◆大串章

1 柿くへば鐘が鳴るなり法隆寺
いくたびも雪の深さを尋ねけり

2 挫折てふ語を愛したる夏過ぎぬ　章
自虐癖コスモスの影顔にゆれ　章

3 鶏頭も柿も子規忌も待つごとし
子規の忌の四国を見んと木に登る

◆金子兜太

1 鶏頭の十四五本もありぬべし
柿喰ふて洪水の詩を草しけり

2 秋といふも人間といふもうら淋し　鷹女
柏餅古葉を出づる白さかな　水巴

3 土がたわれと言い切る子規よ大糞《おおぐそ》なり
子規ありて誇らかに春の土匂う

◆長谷川 櫂

1　いくたびも雪の深さを尋ねけり
　鶏頭の十四五本もありぬべし　子規

2　柿くへば鐘が鳴るなり法隆寺
　八月や六日九日十五日　不詳

3　憤《いきどほ》ろしく愛《いと》しき子規の忌なりけり
　子規激烈舞台激烈梅真白　文学座「食いしん坊万歳！」

◆復本一郎

1　蓁々たる桃の若葉や君娶る
　糸瓜咲て痰のつまりし仏かな

2　霜を置く畑に肌ぬぐ大根哉　井月
　霜白しさらばと富士を眺めけり　紅葉

3　子規を読む日々の続きの柿若葉
　鶏頭や跳ね癖のある子規の文字

◆黛 まどか

1　柿くへば鐘が鳴るなり法隆寺
　鶏頭の十四五本もありぬべし

2　平家落て源氏は苔む櫻哉　延重
　うばそくがうばひて折るや姥櫻　日如

3　炎ゆる日へ突っ込んでいく舳先かな
　面より底ひに水の真澄かな

＊　＊　＊

る。さらに桜のような、もののあわれの美ではなく、鶏頭という逞しくて武骨な花を選んだ。伝統を否定し新しさを追求しています。鶏頭の生命力、存在感をみごとに捉えています。

子規は鶏頭の句を詠み続けています。私が調べた限りでは、初出が二十五年作の〈何もかもかれて墓場の鶏頭花〉です。すでにこの時、〈墓場〉との取り合せで鶏頭に逞しい命を見いだし、強い命の象徴として詠んでいます。亡くなる前年の三十四年に〈鶏頭ヤ今年ノ秋モタノモシキ〉があります。自らの命のよりどころとしての〈鶏頭〉です。子規にとって鶏頭は特別な存在だったのではないか、赤々と燃える鶏頭は子規の命そのものです。

この〈鶏頭の〉が凄いと思うのは、数本見えていて、あとは〈ありぬべし〉ですから確信を持った推量ですが、不可視の世界、見えていない世界を出現させている点です。見えている鶏頭は命、見えていないものは余命とも取れます。いずれにしても一切の緩みのない句、世阿弥《ぜあみ》の言う「せぬ隙」に通じるような緊張感、余白のエネルギーの密度の濃さを感じる句だと思いました。

復本　ありがとうございました。鶏頭の句に対してはお三方が推している方向性は似ています。

分かるということ

復本　次は、大串さん、長谷川さんのお二人が採っていらっしゃる〈いくたびも雪の深さを尋ねけり〉です。

大串　子規は「写生」を述べる時よく名前が出てきますが、私がいちばん子規に感心する点は、重い病気の中であれだけの仕事をしたということ。〈いくたびも〉は「病中雪」という前書のある四句の中の二句目です。雪が霏々と降って、だんだん分厚くなっていくのを、今はどのくらいかなと思っている。そういう子規の、病床にあって心が動いていくところが〈いくたびも〉に出ていると思います。

子規は実際に庭に出て深さを見ることができず、四句の連作の中に〈雪ふるよ障子の穴を見てあれば〉という句もあります。障子の穴からしか雪が見られない状況でこの句を作ったところに強く惹かれ、後世代に残したいと思いました。

長谷川　俳句に限らず、近代文学の備えていなくてはいけない条件が二つあります。一つは難しい言葉を使わずに、誰にでも分かる言葉で分かるということ。もう一つは、人間の心理状態がきちっと描かれているということ。〈いくたびも〉は病気で寝ていて見に行けないから人に雪の深さを尋ねている。そういう様子と、雪がどれくらい降ったか知りたいという実に子どもっぽい無邪気な子規の感じがよく出ていると思います。

復本　長谷川さんから、俳句の重要な点は「分かる」ということだというご意見がありました。そういう点では、先ほどの〈鶏頭の〉は、やや難解かもしれません。〈いくたびも〉のほうが分かりやすい。でも、浅くはなく、両句とも深い。そしてまた、極限状況といいましょうか、子規が病に臥している、その中で格闘して作った句が、皆さんが推す作品として挙げられているのは非常に興味深いことだと思います。

好きなものは好き、嫌いなものは嫌い

復本　次に宇多さん、簡単に推薦の理由をご説明ください。

宇多　『子規全集』などを拝見していると、いやになるくらい月並俳句が並んでいますね（笑）。〈フランスの一輪ざしや冬の薔薇〉をなぜ選んだか。私が二十歳くらいの時、『子規全集』を見ていちばん好きだったから。その時から、誰も採り上げないけれど、この句と〈六月を奇麗な風の吹くことよ〉の句がとても好きでした。だから、後世に残

したらよかろうと思うだけの話です。

先ほど『病牀六尺』で「月並」について挙げた文章がありました。子規は「調度について、舶来のものなんぞ持ってきて言うのは月並なり」と絶対に言いそうな感じがする。当時、子規の家にはガラス戸がありました。それも虚子が調達したらしいのですが。冬でもガラス戸を隔てて外にいろいろなものが見える。子規はとても豊かな生活をしていたなという感じがします。だから、フランスのものに関心を持った。花もそこらにあるような花ではなく、薔薇というモダンな花を好んだ。子規のモダンぶりを残すのもよかろうと思い、この句を入れました。

それから、「母の詞《ことば》自ら句になりて」の前書のある〈毎年よ彼岸の入に寒いのは〉は、出会って以来、私は毎年、彼岸の入りになるとこの句を口ずさんでいる。そういうよさがあるので、この句を残してほしいと思ったのです。全て私自身に関わってのことです。

復本　私は研究者の立場から俳人の方たちの動向を眺めたり、発言を聞いたりするのですが、結局、皆さんも同じでしょうが、文学って、究極のところ好き嫌いですよね。どんなに優秀な文学者の作品でも嫌いだったら嫌いなわけです。それで文学はいいのではないか。そういう点で、特に〈フランスの〉は、宇多さんが若き日に好きだった句で、今でも好きだとおっしゃった。それは素敵な判断の方法だと思います。

子規の命題「詩としてよければいい」

復本 金子さん、なぜ〈柿喰ふて洪水の詩を草しけり〉を後世に残されたいのでしょうか。

金子 〈柿喰ふて〉と言いながら、一方、〈洪水の詩〉を書いた。それも「草す」だから、そんなに丁寧に書いたんじゃない。ささささっと書いた。一方で柿をむにゃむにゃと食った。これはたぶん、日常のことで、特別なことではないと思います。子規は書家でも画家でもないわけだから、自分の専門外のことを平気でちょこちょこと気楽にやってみせた。しかし一方で、〈洪水〉ですから、大きい事柄を含んでいる。「社会現象の中でも大きいことに俺は興味があるぞ」ということを平気な顔で、子規が書いてみせる。私は子規という人は一種のタヌキだと思ってます。病気をして痩せているから、お腹は膨れていませんがね。

「柿を喰いながら洪水の詩を書く」という発想。これは事実ではないと思う。あるいは新聞記者だった子規のことだから、どこかで体験しているかもしれませんが。しかしそれはどうでもいい。詩としてよければいい。「詩としてよければいい」ということを子規は早くもこの時期、命題にしている。ちょこちょこ、面白そうなことを書いて、ひとさまに喜ばれるようなことをしようという気は彼にはまったくない。自分の面白いと思ったことを書けばいいと、非常に磊落に割り切っている。詩人なんだから、その人が柿を喰いながら洪水の詩を認めたという、この自由さ。明治時代に詩に対する自由さがあった。そこがいいんだなあ。

これくらい自由大胆な詩人というのも少ない。私は俳人とは最も自由な動物であると思っていますが、その自由な動物であるはずが、俳句をやる人には少ない。「子規を見よ」と言いたい。詩人子規の姿が躍如しているというのが、私のこの句の印象です。だから、子規のいい句を挙げなさいと言われると、すぐこの句を挙げます。特に明治の初期の人間が、こんな詩を書いたのは驚きです。

復本　ありがとうございました。〈柿喰ふて〉と〈洪水の詩を草しけり〉、子規は漢詩や新体詩も書いていますから実際に詩を草することがあったでしょうが、金子さんのお話を聞いて、そのギャップが面白い句だと思われてきました。

私の挙げた子規の句は、「漱石新婚」と前書のある〈蓁々《しんしん》たる桃の若葉や君娶る〉、

『詩経』「国風」の「桃の夭夭《ようよう》たる、其《その》葉蓁蓁たり」を意識しながら作った句で、桃の若葉を詠みながら漱石に対する祝意を表している。非常に気持ちのいい作品ではないかと思います。そして、子規と漱石という二人の関係を象徴的に表す一句でもあろうかと思い推しました。

もう一句は〈糸瓜咲て痰のつまりし仏かな〉です。皆さんがよくご存じの、子規の「絶筆三句」の最初に書いたまん中の一句です。〈痰のつまりし仏〉は、言うまでもなく子規自身のことを言っていますが、自己客観化しうる資質といいましょうか、文学者にとって非常に重要な資質だと思います。だから子規の句として、ぜひ語り継いでいただきたいと思っております。

あの「鐘」は法隆寺ではなく東大寺?

復本　最後に残されたのが大問題です。〈柿くへば鐘が鳴るなり法隆寺〉を大串さんと黛さんが次世代に残したい句の一句として挙げておられます。そして、長谷川さんが「今日的に見て、月並俳句と思われる作品二句」のうちの一句に挙げておられます。これは明治二十八年、子規が数え年二十九歳の作品。前書に「法隆寺の茶店に憩ひて」とあります。ここで、最初に申し上げました「月並とは何か」をもう一度、皆さんとお話ししたいと思います。大串さんからどうぞ。

大串　私がこの句を残したいと思う理由は、上五に〈柿くへば〉があるから、ということだけです。子規がいかに柿が好きだったか。先ほど金子さんがおっしゃった〈洪水の詩を草しけり〉も、上五に〈柿喰ふて〉とあります。柿を喰うと子規の脳が活性化するのだと思います。それで、こういう句もできる。

ところで、いちばん柿がおいしいのは佐賀県です（笑）。九州の三大歌人である福岡県の北原白秋《きたはらはくしゅう》、宮崎県の若山牧水《わかやまぼくすい》、そして佐賀県の中島哀浪《なかじまあいろう》。中島は柿の歌をたくさん作っていて、柿の好きな歌人として有名です。〈柿もぐと樹にのぼりたる日和なりはろばろとして背振山見ゆ〉は佐賀県に歌碑として建っています。

芭蕉も〈里ふりて柿の木もたぬ家もなし〉を作っています。日本本来の土地のよさ、風土のよさ、そういうものを芭蕉も認めて作った。

ですから、子規の〈柿くへば〉を後世に残したいのは「柿」の一語に尽きます。それだけでは説明にならないかもしれないので付け加えますと、子規は写生派と言われますが、想像力、連想も豊かな人だったと思うのです。この句は法隆寺の茶店で作ったのは事実だと思いますが、実際に聞いたのは法隆寺の鐘の音ではない。

子規は果物が好き、特に柿が好きで、「果物」という随筆を書いているほどです。ある時奈良の宿屋で、御所柿《ごしょがき》が食べたくなった。それを宿の女中さんに言うと笊にいっぱいの御所柿を持ってきた。子規が柿を食べていると、鐘の音が頭の上から聞こえてきて、「これはどこの鐘だ」と女中さんに聞いたら、「あれは東大寺の鐘です」と言ったことがその随筆に書かれている。ですから、〈柿くへば〉は、法隆寺の茶店に休んでいる時に東大寺の鐘を思い出したのではないか。

しかもそこで実際に柿を食べていたのかどうか、怪しいと思っています。実際に食べていたのは宿屋で、です。それは紛れもない事実です。したがって、結局、この句を残したいのは〈柿くへば〉だけかなと（笑）。

復本　付けたしますと、その宿のお嬢さんは非常に美人で、子規はぞっこんだったことまで分かっています。

「柿」は和歌では詠まれていません。ですから、「柿」と言っただけで俳諧性が、滑稽性が出てくる。季語の中には、和歌以来ずっと継承されてきた言葉と、江戸時代に俳諧になって認定された言葉とがあり、「柿」は、横題《よこだい》、俳諧季語です。「柿」と言っただけで、どこか野性味、野趣のようなものを読者が感じることができる。ですから、大串さんが半ば本気、半ば冗談に、上五文字、〈柿くへば〉だけでこの句が好きだと言われたのは、分かるような気がいたします。

「柿を食べていたら鐘が鳴った」

復本　黛さん、推薦の弁をお願いいたします。

黛　私も〈柿くへば〉が好きです。逆に、この句が引っ掛かるという方は、そこの部分だと思うのです。実際、河東碧梧桐は、この句は子規調ではない、本来の子規だったら「柿くふて居れば鐘鳴る法隆寺」ではないかと指摘しています。それに対して子規は、碧梧桐の言うこともももっともだと認めながらも、でも、「柿くふて居れば」では句法が弱くなると言っています。

大串さんがおっしゃる通り、実際は東大寺の鐘だったかもしれないけれども想念の中で組み立てているんだということ。子規は「天然を講究する事はなるべく精微なるを要す」（『俳諧大要』）とする一方で、ありのままに写すことが大事だけれど、そこに多少の取捨選択がなされるべきだとも言っているのです。面白い部分を取り、つまらないところを捨てている。

以前、宮大工の小川三夫《おがわみつお》さんとお話しした時、「錯覚の矯正」ということをおっしゃっていました。テーブルをまっ平らに削ると、目の錯覚でまん中が凹んで見えるそうです。ですから、まっ平らに見せるためにはほんの少しむくる、つまり緩やかに盛り上げるのです。写生にも錯覚の矯正が必要で、その時の気分や感慨をより明確に出すには、東大寺ではなく、むしろ斑鳩《いかるが》ののどかな風景のほうがいいのです。そのほうが鐘の音が広がっていく。そういう工夫がこの句にはされていると思います。

〈柿くへば〉がこの句の眼目です。柿を食べたので鐘が鳴ったという因果関係で結ばれているのではなく、柿を食べていたら鐘が鳴った。〈柿くへば〉の切れを生かして読む。宇多さんとも話をしていたのですが、なんといってもこの句は調べがいいですね。斑鳩の風景が大らかな調べによって、浮かび上がってくる句だと思います。

復本　和歌に〈山里の春の夕暮きてみればいりあひの鐘に花ぞちりける〉（能因『新古今集』）がありますが、「○○すれば××」「○○に××」という、因果関係の「ば」や「に」ではなく、曖昧表現の「ば」「に」ですね。同時進行的といいましょうか。

「知」が働いた句を嫌った子規

復本　長谷川さんは「月並の最たるものだ」と思われる句に、大串さんと黛さんが激賞された〈柿くへば〉を挙げていらっしゃる。「最たるもの」と私が言ったのは、一番目に挙げておられるからですが（笑）、長谷川さん、いかがですか。

長谷川　お二人の熱烈な弁護のあと、しかも大串さんは郷里の佐賀県まで巻き込んで弁護されたわけで、そのあとで検察側の証人は実に困ってしまいます（笑）。

ここで「月並」の定義をしないと、この句を月並とした理由が分からない。月並とは要するに、子規自身もよく分かっておらず、直感的に言っていることだと思うのです。自分が気に入らない、感覚的にまずいと思うのを「月並」と言っているだけで、いろいろ書き方を変えているのは、子規自身もそれが一体何だろうと思っていたから、次から次へと違う表現が出てきている。あえて言うと、古臭くて陳腐なものを月並と言っているわけです。なぜ、古臭くて陳腐なのがいやかと言うと、時代はとうに変わっているのに芭蕉を神様と崇め、その亜流の句をずっと作り続けている俳人がたくさんいることが子規は気に食わなかった。それを喧嘩腰に子規は「月並」と言って殴りつけているんだと思います。

設問に「今日的に見て」とあったところが大事です。〈柿くへば〉は、今日的に見ればもはや陳腐で古臭い句で、法隆寺の前の茶店で売っている絵葉書のような、月並の最たる句として挙げるべき俳句であると思います。

復本　金子さんも五十代の頃に子規の月並について「子規の好みの問題だ」と書いていらっしゃいます。今、長谷川さんも言われたように、嫌いな句を「月並」と言いながら切っていったのではないか、だから、月並の定義は非常に曖昧だと。今、実作者のお二方が偶然にも同じことを言われたので、なるほどなと面白く思いました。直感的に嫌いな句、自分がダメだと思った句は「月並」として切っていった。ひょっとしたらそれが正解なのかもしれないですね。「知」が働いた句は子規は嫌いだった。芭蕉が「理屈の句は嫌いだ」と言っているのと一脈通じるところがあるのではないかと思うのです。

長谷川さんが「月並の俳句」として挙げた、もう一句、〈八月や六日九日十五日〉は、私もこの句は聞いたことがありますが、作者不詳なのですか。

長谷川　僕は新聞の俳句投稿欄の選者を務めていますが、毎年、八月になると五、六通、必ず来る種類の句です。去年、この句を最初に作ったのが大分の方だったと調べて、本にされた方がいるほどです。しかしこの句自体に価値があって、最初に作った人が作者としてその栄誉を担うという句ではなく、誰でも作れる句で、そういう意味ではまたこれも大いなる月並の典型であるだろうと思います。

復本　先ほどの子規の月並論とも重なって、いいサンプルになるのではないかと思います。八月六日って何だ、八月九日って何だ、八月十五日って何だという謎解きですね。分かると、なるほどと納得するわけです。謎解きは大体、知の遊びですから、知の要素が強いということで、これを月並の一つの典型として長谷川さんが挙げられた。

言葉遊びのほうが勝っている句

復本　黛さんは談林の俳人延重《のぶしげ》、貞門の俳人日如《にちによ》という、初期俳人の作品を挙げられて月並の例とされました。

黛　特に作者で選んだわけではありませんでした。今日的に見て月並と思われる句を探すのは難しく、子規の「俳句分類」の「桜」の中から、この二つを選びました。延重の〈平家落て源氏は苔む櫻哉〉は平家桜、源氏桜という桜の種類があったのか、あるいは源平の話をそのまま桜に譬えているのか、いずれにしても知識に訴える句に入ると思います。比喩としても常套的で、今日的に見ると理屈、知識が勝っていると思いました。
それから、日如の〈うばそくがうばひて折るや姥櫻〉、優婆塞《うばそく》は仏教信者にもかかわらず、姥桜を奪って、折ったという句で、「うば」の頭韻を踏んでいます。しかし韻を踏んでいる効果より、言葉遊びの印象が強い。

復本 日本の桜の種類に平家桜、源氏桜というのはないのですが、熊谷桜《くまがいざくら》、薩摩《さつま》緋桜《ひざくら》という種類があって、その辺をイメージしながら、延重は作っている。
日如は江戸時代初期の妙満寺成就院の日蓮宗の僧です。遊びの要素は決して俳諧にとってマイナスの要素ではないわけですが、この二句に関しては、初期俳諧の特色である謎解き、言葉遊びということにとどまっているようです。

月並、なぜ悪いのか

復本 宇多さん、月並と思われる作品二句について、お話しいただけたらと思います。

宇多 私はまず、わが句を置きました。〈意にかなう酒ありにけり春の雨〉、春の雨が降っていて、好きな酒を飲んでいるなんて本当にもう（笑）。まして〈春の雨〉ですから、陳腐というのはこういうことだろうと思いまして、自己反省の意味を込めて出しました。

私は、おっしゃるほど月並というのは悪くない、愛すべきものがあると思うんです。俳句を愛好する人たちの中に、月並が一つの層をなしてあることは頼もしいことだと思う。その中から個性を持った非月並の句が歴史的に残っていくのかもしれないけれど、その分母としての月並は愛すべきものでしょう。富士の裾野のように多くの月並俳句があって初めて高山ができる。

そういう意味で言うと、田捨女《でんすてじょ》の〈雪の朝二の字二の字の下駄のあと〉も、〈柿くへば〉と同じように人口に広く膾炙している。雪の朝、下駄をはいて歩いたら、二の字、二の字に見えた。こういう着目は誰にでもある。アッと思う。それをもって「月並だから」と排していったら俳句の多くはダメになってしまう。一緒にやっている仲間の句でも、ああ、月並だなあと思うことはあるけれど「あ、これ、分かるわよ」と言って、そういう句を共有します。だから、〈法隆寺〉と同じような、別に深く追求するような句ではない。〈法隆寺〉の句だって、みんなが知っているから名句なんですよ。みんなが口ずさんでいる。そういう効果だろうと思って、この句を挙げました。

復本　興味深いご発言がありました。「月並、なぜ悪い。大いに結構ではないか」と。

これは今後の大きな課題だと思います。子規はあまりにも月並をバッサリと切ってしまいましたが、「月並俳句」とひとまとめに言われている中にも丁寧に見ていくと素晴らしい作品がたくさんある。月並俳句をもう一回、見直してみる必要があるのではないかと思いますね。

月並と下手とは違う

復本　大串さんはご自分の句二句を月並の代表として挙げておられます。

大串　その前に一言だけ。私は後世に残したい句として〈柿くへば〉を挙げた理由に、「柿」があるからだけだと申し上げたのですが、長谷川さん、宇多さんのお話を聞いていて、もう一つ理由を付け加えさせていただきます。「月並の代表句である」ということで後世に残したいと思います。

さて、他人の月並の句を探していても何か乗り気がしない。自分のことで考えてみたら、私は田舎から京都に出てきて、経済学部の仲間と「若年」という名前の同人誌を作りました。当時、本を読んだり仲間と話をしたりすると、それにいちいち、いわゆるカルチャーショックを受けていました。そしてそのことを句に表そうとしました。挫折を味わったとか、自虐的になったとか、そういうことを当時は一つの前進と思ったものですから。そこで「若年」に載せた句を二句挙げました。それが〈挫折てふ語を愛したる夏過ぎぬ〉〈自虐癖コスモスの影顔にゆれ〉。若かったですね。この二句から、当時の自分の気持ちをまざまざと思い出しました。

復本　『俳句問答　上之巻』に、月並は「往々知識に訴へんと欲す」とあり、「ホトトギス」には、「平凡に陥らじとていやみに堕《お》ちぬやう御注意ありたく候」とありますが、まさに知識に甘えるというか、知識をひけらかすというところがこの二句にはあります。

若き日の大串さんの二句、ロマンチックな、いい作品ではないでしょうか。金子さんの挙げられた句はいかがでしょうか。

金子　こういうことは笑い話の世界で、まじめに語り合う世界じゃないですね。俳句という詩の中にもこういう遊びの世界、気を抜ける世界、冗談を言っていられる世界がある、そういう作品も許されているんだということが認識されるのはいいことではないですか。詩の世界だって堅苦しいだけが能じゃないからね。

そういう点で、大串さんの〈挫折てふ〉は月並じゃねえと思うな。内容はまじめな句ですよ。だけども、読んで恥ずかしくなるような句だ。下手なんですよ（笑）。そこを区別しないといけない。〈自虐癖〉も大串さんの文学青年の時代の句ですよ。子どもっぽい。今の大串さんはもっと大人ですからね。昔のことを思い出して笑う句でありまして、私は実は、月並なんてものがどうだということを議論するよりも、こういう句が俳句にのさばっているということで、面白いなあと思っているのです。

そういうことから、三橋鷹女《みつはしたかじょ》の〈秋といふも人間といふもうら淋し〉と渡辺水巴《わたなべすいは》の〈柏餅古葉を出づる白さかな〉を挙げました。柏餅の古い葉っぱから肉（餅）が出る。それが白いのは当たり前で、黒いような柏餅を食ったら死んじゃいますよ（笑）。ばかばかしい限りの句です。渡辺水巴に会ったことはありませんが、ユーモラスな人だそうです。「ホトトギス」の有力作家の一人ですが、人を馬鹿にしたような、自分で遊んでいるような句を彼は喜んで作ったらしい。むしろこの句を挙げて、どうだと言わせている復本さんが要領がいいのでありまして、この句はまじめに語る資格のある句じゃない。まあ、土手の外れでみんなが小便をする、その小便がたまっている場所という感じ、そういう印象ですな。以上でございます（笑）。

復本　ありがとうございました（笑）。

私の一句ですが、井上井月《いのうえせいげつ》という江戸時代の末期から明治の頃の俳人がいます。いい句をたくさん残しています。最近は金子さんも「山頭火《さんとうか》より井月がいい」と断言されていらっしゃいますが、それでもやはり月並俳人の一隅を占めるだけあって、丁寧に見ていくと月並俳句が散見されるわけです。〈霜を置く畑に肌ぬぐ大根哉〉、まさに金子さんの挙げられた〈柏餅〉と同じように、ばかばかしいと言えばばかばかしい。井月は芭蕉をしっかり学んでいるから、本来はこんな句は作らないはずですが、こんな句も作っているということで、一句を挙げさせていただきました。

金子さんが言われたように、月並俳句と下手な俳句は違う。月並俳句ももう一度、きちんと読み直してみなければいけない。

子規自身も、分かっていないというか、恣意的に「月並」「月並」、と言う部分もあったんでしょうから、先生方のご発言は、なるほどと思いながらお聞きしました。

金子　復本さんはなぜ今、子規の中で月並の句を採り上げたか。これは非常に大事なことをおっしゃっていると思います。子規をテーマに「月並」を話した俳人も俳句の専門家も、そうはおりません。私は今九十七歳ですが、九十七歳の今日、子規を通じて月並が語られたのは実は初めての体験です。ほかでも恐らく、二、三回語られれば、それでおしまいというのが普通じゃないかな。それくらい子規というのはまじめ一方の、非常に堅い人物だと思う。だけど、よく読むとウンコの句もずいぶん作っていますし、非常に砕けた、人間的な人間というか、そういう人間の塊みたいな男じゃなかったかと思います。

そう思いますから、今のようにいろいろな議論が出てくる中でも、ややユーモラスなテーマになった時はいかにも子規が語られている感じが私はするのです。そういう男です。俳句だから子規だ、子規だから俳句だと限定することも子規は嫌うでしょうね。もっと広い文学的な配慮を持っておったと思います。子規は非常にスケールの大きい、明治の初期に短詩型を背負って出てきた文学者であることを、復本さんの提出したテーマで我々は再認識できた。余分なおしゃべりですけど、思わずしゃべりたくなった。

私が提出した子規をテーマにした〈土がたわれと言い切る子規よ大糞《おおぐそ》なり〉は、子規は大変たくさん大便をしたそうです。それはたくさん食べたからです。あまりにも有名な話ですが、子規は天か地か、どちらの人間かと聞かれたら、自分は土の人間であると言い切っています。この「土の人間である」というところに彼の本当の意味の人間性が感じられる。そう自分で覚悟しているところに彼の立派さがあると思います。だから私は、「土がたわれ」という子規のこの言い方、またその信念を秘かに受け継いでいきたいと思っております。兜太は「土がたわれ」、子規の跡を継いでいる、ということです。だから、〈子規ありて誇らかに春の土匂う〉は説明をする必要がない。私は子規の大尊敬者でございますので、うっかり私の前で子規の悪口を言ったらぶん殴られる。覚悟しておいてください（笑）。

復本 どうもありがとうございました。

（二〇一七年三月十一日）

あとがき

山口ヨシ子
神奈川大学全国高校生俳句大賞専門委員会委員長

本書は、神奈川大学全国高校生俳句大賞の授賞式で行われた過去六回分のシンポジウムを収録したものです。シンポジウムでは、我が国の俳句界を代表する先生方にパネリストとしてご登壇いただきました。宇多喜代子、大串章、金子兜太、黛まどか、長谷川櫂、復本一郎の六先生の魅力ある話を、その臨場感とともに忠実に再現しました。

第十四回の授賞式における「金子兜太と一茶を語ろう」から始まり、「一茶と井月」、「二物配合―俳句の構造」、「俳句における諧謔（笑い）」、「俳句にとって季語とは何か」、「子規の彼方に―脱『月並』」という、多彩なテーマのもとで繰り広げられている議論の数々は、俳句初心者にも、俳句上級者にもきわめて魅力的な内容で、俳句の奥深さそのものを示しているように思います。

今回で二十回を迎える全国高校生俳句大賞は、神奈川大学創立七十周年の記念事業の一つとして一九九八年に創設されました。日本の伝統芸術であり、短詩型文学である俳句をとおして高校生の独自の感性を表現する機会を提供することで高校生の文化の発信に寄与することを目指しております。その軌跡は高校生による「生の歩み」を詠んだ句が収録された二十冊の『17音の青春』で辿ることができますが、本書は、そのもう一つの軌跡を示すものです。シンポジウムは参加した高校生とその関係者のみならず、一般聴衆の方々にもたいへんご好評をいただきました。ご協力くださった六先生に改めて御礼を申し上げます。

最後に、俳句の本質に迫ったこの貴重なシンポジウムをお届けすることで、みなさまの俳句の世界が広がる一助となれば幸いです。

二〇一八年一月

【パネリスト紹介】

金子兜太　かねこ・とうた

一九一九年、埼玉生まれ。高校時代より句作。東京大学入学後、加藤楸邨に師事。一九六二年、同人誌「海程」創刊、後に主宰。現代俳句協会名誉会長。句集に『少年』（現代俳句協会賞）、『東国抄』（蛇笏賞）、『金子兜太集』（全四巻）など多数。一九八八年、紫綬褒章受章。二〇〇五年、日本芸術院会員。二〇〇八年、文化功労者。

宇多喜代子　うだ・きよこ

一九三五年、山口生まれ。大阪へ転居。府立桜塚高等学校より句作。「獅林」入会。一九七〇年、桂信子主宰「草苑」入会。「草苑」終刊後、「草樹」会員。句集に『りらの木』『夏月集』『象』（蛇笏賞）、『記憶』（詩歌文学館賞）『宇多喜代子俳句集成』など多数。二〇〇二年、紫綬褒章受章。二〇一六年、日本芸術院会員。

大串　章　おおぐし・あきら

一九三七年、佐賀生まれ。京都大学時代、「青炎」「京大俳句会」などに参加。一九五九年、大野林火に師事。一九九四年、俳誌「百鳥」を創刊・主宰。朝日新聞、愛媛新聞俳壇選者。日本文藝家協会理事、公益社団法人俳人協会会長。句集に『朝の舟』（俳人協会新人賞）、『大地』（俳人協会賞）、『山河』『海路』など多数。

長谷川 櫂　はせがわ・かい
一九五四年、熊本生まれ。東京大学法学部卒業、読売新聞記者を経て俳句に専念。朝日俳壇選者、東海大学文芸創作学科特任教授、ネット歳時記「きごさい」代表。一九九三年、「古志」創刊、主宰。二〇〇九年、主宰を退く。句集に『虚空』（読売文学賞）、『沖縄』『震災句集』など。俳論・歌集なども刊行。

黛 まどか　まゆずみ・まどか
一九六二年、神奈川生まれ。一九八八年、「河」入会。一九九六年、俳誌「月刊ヘップバーン」を創刊・主宰（二〇〇六年百号で終刊）。二〇一〇年より一年間、文化庁「文化交流使」として欧州で活動。「日本再発見塾」呼びかけ人代表、北里大学・昭和女子大学客員教授。句集に『てっぺんの星』、『京都の恋』（山本健吉文学賞）など。

復本一郎　ふくもと・いちろう
一九四三年、愛媛生まれ。早稲田大学大学院文学研究科博士課程修了。国文学者、文学博士、神奈川大学名誉教授。俳号、鬼ヶ城。公益財団法人神奈川文学振興会評議員。著書に『鬼貫句選・独ごと』『井月句集』『獺祭書屋俳話・芭蕉雑談』（以上岩波文庫）、『歌よみ人　正岡子規』『俳句と川柳』『正岡子規　人生のことば』など多数。

五《ご》七《しち》五《ご》の向《む》こう側《がわ》

神《か》奈《な》川《がわ》大《だい》学《がく》全《ぜん》国《こく》高《こう》校《こう》生《せい》俳《はい》句《く》大《たい》賞《しょう》 20 回《かい》記《き》念《ねん》

平成 30 年 2 月 25 日　初版発行

編　者　学校法人《がつこうほうじん》 神《か》奈《な》川《がわ》大《だい》学《がく》広《こう》報《ほう》委《い》員《いん》会《かい》

発行者　宍戸 健司

発　行　一般財団法人 角川文化振興財団

〒 102-0071　東京都千代田区富士見 1-12-15
電話　03-5215-7819
http://www.kadokawa-zaidan.or.jp/

発　売　株式会社 KADOKAWA

〒 102-8177　東京都千代田区富士見 2-13-3
電話　0570-002-301（カスタマーサポート・ナビダイヤル）
受付時間 11:00 ～ 17:00（土日 祝日 年末年始を除く）
https://www.kadokawa.co.jp/

印刷所　旭印刷株式会社

製本所　牧製本印刷株式会社

装　丁　南　一夫
DTP　アメイジングクラウド株式会社

ISBN978-4-04-884160-3 C0092